異世界に飛ばされたおっさんは何処へ行く？

Where is Ossan going in another world?

10

シ・ガレット

ci garette

目次

主な登場人物
スージー
パミル王国の王妃様。
王族にしては庶民的。
シーナ
双子の姉。
元気で活発な
しっかり者。
ルーナ
双子の妹。
おっとりしていて
優しい女の子。

タクマ
異世界に飛ばされてきたおっさん。趣味を楽しみながら異世界を旅する。
夕夏
タクマの婚約者。タクマと同じように異世界に飛ばされてきていた。
ザイン
パミル王国の優秀な宰相。奥さんが若い。
タクマの仲間達
ヴァイス
ゲール
アフダル
ネーロ
ジュード
ブラン
レウコン
ナビ
アルテ
ヴェルド

第❶章

プレオープン

1 予行演習当日

タクマのせいで随分(ずいぶん)と立派な町になってしまった、地方都市トーラン。

そんなわけで人の流入が爆発的に増えてしまっていたのだが、ひとまず宿を建てる事で対処する事になった。

宿自体の設備、宿泊客に出す料理、従業員の接客教育、従業員の制服、そしてお客さんに着てもらう寝間着(ねまき)——事前に準備しておかなければならない事はたくさんあったのだが、タクマの家族や協力者の頑張りによってそれも無事終えた。

そして、特別な客を招待して宿が上手く稼動するか試すという、プレオープンの日を迎えるのだったが——

◇ ◇ ◇

宿の予行演習当日。宿の運営を任されているスミス一家や従業員達は、緊張の面持ちでその日を迎えていた。

タクマの目の前で、彼の恋人である夕夏と日本人転移者のミカが食事をしている。

「まさか私達まで参加とはね……」

「うう……緊張する……」

夕夏はため息を吐きながらも食べていたが、ミカは食が進まないようだ。タクマがミカに向かって言う。

「緊張するのは分かるが、食べておかないと持たないぞ」

「タクマさんの言う通りだ。ミカが着付けをするわけじゃなくて、従業員がやるのを確認して、間違っていたら指摘するだけでしょ？　今からそんなに緊張しても仕方ないよ」

そう声を掛けたのは、ミカの夫のリュウイチだ。彼は赤ちゃんのタイヨウを抱いていた。

今回、夕夏とミカは着付け責任者として演習に参加する事になっている。ただ、着付け講習を受けた従業員のフォローをするだけ、それなのに二人は緊張していた。

ミカがため息交じりに応える。

「分かっているのよ、スージー様達はミスをしたくらいで怒らないって事は。私達が緊張しているのは、宿の売りになってしまった浴衣を気に入ってくれるかって事なの」

予行演習の招待客は、パミル王国の二人の王妃、スージーとトリスとその子供達。そして宰相のザイン一家であった。

また、浴衣はヴェルドミールに住む者にとって、相当斬新なデザインである。受け入れてもらえなければ、浴衣を寝間着にするという目論見自体崩れてしまう。そうなれば宿の魅力が減ってしまう、二人はそう心配していた。

「浴衣についてはギリギリで思いついたものだし、そこまで気にしなくていい。確かに受け入れられるかは分からないが、従業員達は問題ないって言っていたじゃないか」

タクマには勝算があった。

前日、従業員達に浴衣を見せた際、彼らはデザインを嫌うような態度を見せなかったのだ。あの反応であれば、客は問題なく来てくれるに違いない。

夕夏がミカを宥めるように言う。

「タクマの言う通り、従業員のみんなの反応は悪くなかったわ。色は淡く落ち着いたものにしたし、男性物も子供物の甚平も嫌われるデザインじゃないはずよね」

「ああ。自信を持って良いと思う」

二人にそう言われ、ミカは多少落ち着きを取り戻した。その後、ミカの顔色が戻る事はなかったが、彼女はしっかりと食事を取った。

食後、二人は宿のあるトーランへ向かっていった。

リュウイチはミカの事を心配そうに見ていたが、彼女のセンスを信じているようだった。彼はタイヨウを連れて自分の家へ戻っていった。

庭では、早起きをした子供達が、タクマの守護獣であるヴァイス達とともに体をほぐしていた。今日は王妃達の子供であるマギーとショーンが遊びに来るので、日課としていた鍛錬を休みにしたのだ。

タクマが子供達に近づくと、みんな元気に挨拶してくる。タクマの家では、挨拶するように厳しく教え込まれていた。人と会う時に最初に交わす挨拶ができていれば、相手は悪い気分にはならないのだ。

「これからマギー達を迎えに行くから、みんな仲良くな。それと、ヴァイス達はハクを鍛えるだろうけど、あまり無理は駄目だぞ」

「「「はーい！」」」

ハクというのは、猫の姿で転生してきた日本人男性だ。先日宿の看板猫になる事が決まったものの、まだ能力の使い方に不安があるので、ヴァイス達が鍛えてあげる事になっていた。

タクマはヴァイス達を送り出すと、招待客である王妃達を迎えに行くため、空間跳躍を使って城へ跳んだ。

城の謁見の間にタクマが到着をすると、目の前にはスージー達王族と、宰相のザインの一家が待っていた。移動する手間を省くために、集合してくれていたようだ。

「おはようございます。わざわざ集まってくれたのですね」

そう言ってタクマが頭を下げると、スージーが口を開く。

「同じ招待客として行くのですから、集まっておいたの。宰相の一家なら私達も面識があるしね」

ザインは苦笑いを浮かべていた。一応城の中なので、スージーの砕けた言葉遣いが気になったのだろう。ザインの後ろにいる彼の家族も驚いていた。

ザインは大きくため息を吐き、タクマに話しかける。

「王妃様の立ち振る舞いについては、この場にいる者の心に仕舞っておくとして……タクマ殿。本日は、私を含めた家族を招待してくれてありがとう。皆、この日を楽しみにしていたのだ」

タクマは笑みを浮かべると、ザインと彼の家族に挨拶する。

「そう言っていただき、俺も嬉しいです。ゆっくり過ごしていただけたら幸いです。家族の皆さん、俺はザイン様にお世話になっている、タクマ・サトウと言います。今日は、俺の商会で始める宿の予行演習に付き合っていただき、感謝申し上げます。不慣れで目につくところもあるでしょうが、寛いでいただけると嬉しいです」

ザインの家族は、タクマの優しげな様子を見て緊張を緩めた。

「初めまして。私はザインの妻でユーミと申します。本日はご招待をいただき、ありがとうございます」

ユーミはザインとは年の離れた若い女性だった。髪は長くきれいなブラウンヘアーで、スタイルはスレンダーで華奢に見える。

ユーミの後ろには、二人の子供が控(ひか)えていた。二人はユーミから挨拶を促(うなが)されると、タクマの前にちゃんと出てきた。

タクマは膝(ひざ)をつき目線を合わせると、二人の挨拶を待つ。

「おはようございます！　わたしのなまえはシーナです！」

「おはようございます！　わたしはルーナです！」

シーナの髪型は、母親譲りのブラウンヘアーを短く切り揃えた、いわゆるボブカットだ。ルーナは同じブラウンヘアーだが、腰まであるロングヘアーである。

きちんとした挨拶ができた二人に、タクマは笑みを浮かべる。

「丁寧(ていねい)な挨拶をありがとう。挨拶をできて偉いね」

二人の頭をいつもの感覚で撫(な)でると、タクマはハッと気付く。

王族に対してさすがに失礼だったかもしれない。そう思ってザインを見ると、彼は笑みを浮かべて頷(うなず)いていた。ザインはこれくらいで怒るような男ではないのだ。

タクマはシーナとルーナに声を掛ける。

「今日は宿にお泊まりだけど、その前に俺のお家(うち)で遊んでもらうよ。そこには俺の子供もたくさんいるから、仲良くしてくれるかな？」

シーナとルーナは、嬉しそうに笑みを浮かべる。

「おともだちになれる？」

「あそんでいいの？」

「ああ、たくさん遊んで、お友達になってくれると嬉しいな」

そう言ってタクマは二人を撫でて立ち上がる。

そして、全員に向けて口を開いた。

「さあ、ここで話していても時間がもったいないので、早速行きましょうか」

タクマは魔力を練り上げて八人を範囲指定すると、タクマ達の住む屋敷のある湖へ跳ぶのだった。

◇◇◇

「あはははは！　ルーナちゃん、シーナちゃんこっちー！」

「マギーちゃんとショーンくんもはやくー！」

到着した途端に仲良くなった子供達は、タクマの自宅の庭で走り回っている。王妃二人とザイン夫妻は、楽しそうに遊ぶ自分達の子供を見て目を細めていた。

「やっぱりマギー達はここが好きみたいね。思いっきり体を動かせるというのもそうだけど、裏表のない友達がいる事は、掛け替えのないものなのね」

スージーがしみじみと言った。

ザインは申し訳なさそうに返事をする。

「マギー様とショーン様は、お立場上どうしても孤立しますからな。私共も気にはなっていたのですが……」

　ザインは、マギー達に友達を作らせようとしていたのだが、貴族の子供は親に何を仕込まれているか分からないのでできなかったのだ。

　つらそうに言うザインを見て、スージーとトリスは苦笑いを浮かべる。

「こればっかりは仕方ないわ。私達は王族なんだし。マギーも分かっているからこそ、我儘(わがまま)を言わないし」

「ええ、ショーンもその辺は理解してます。それに、今はこうやってタクマさんのお宅で思いっきり遊べるから問題ないわ」

　二人はザインに「気にしないように」と付け加えた。

　ザインは恐縮しつつ、話題を変えるように尋ねる。

「ところで、マギー様達はここで何をして遊んでいるのですか？」

「そうねぇ。今みたいに外で身体を動かすのがほとんどね。疲れたら木陰(こかげ)でお昼寝したり、時には盛大に転んだりもするわね」

　スージーの返答に、ザインは驚きを隠せなかった。マギーもショーンも、城ではとても大人しい子供だったのだ。

「それにね。身体を動かすようになってから、丈夫になっているみたいなの。体調を崩す事がほとんどなくなったわ」

横で聞いていたタクマも、それには驚いた。

二人はここに来るようになってから、健康優良児となっているようだ。きっと身体を動かす事で、基礎体力が向上しているのだろう。

ザインがタクマに話を振る。

「タクマ殿。マギー様とショーン様の身体が丈夫になっているようだが、それは何故なんだ？」

「特にこちらで何かをしているわけではないですよ。ウチでやっているのは、子供達と思いきり遊ばせて、疲れたら眠らせ、お腹がすいたらお腹いっぱい食べさせる。それだけです」

ちなみに、タクマはマギー達に禁止事項を与えていない。何をしては駄目とかいっさい言っていないのだ。

一方、城では乳母（うば）のような大人が子供達を監視し、何かと言うと止めたりしていた。タクマがスージーとトリスに、ここでは子供の好きに行動させるように頼んだ時、二人はそれを受け入れたのだ。

少し考え込んでいたザインに、タクマは告げる。

「まあ、子供は限界まで遊んで、いっぱい食べて寝る。それをしていれば自然と丈夫になると、俺は思ってますけどね」

そんな事を話していると、あっという間にお昼が近くなってきた。全力で遊んでいた子供達は、いつの間にか木陰で寝息を立てている。

タクマはザインに話しかける。

「まあ、遊びとはいえ、本気で走り回っていればああなりますよね。体力をつけたら、自然と体調を崩す事も少なくなるかと」

「確かに体力は必要だな。お二人にとってここでの遊びは、良い運動になっているというわけだ」


それからしばらくして、子供達が目を覚ました。

そのまま早めの昼食を取る事になった。出されたのは、パンに鶏(とり)のささ身とトマト、レタス、チーズを挟んだサンドウィッチだ。それに、生搾(なましぼ)りのオレンジジュースを添えている。

そのメニューを見たザインは、子供達が野菜を嫌がるのではないかと心配した。マギーとショーンは、これまであまり野菜を好んで食べてこなかったのだ。自分の子供であるシーナとルーナも野菜は好きではない。

シーナとルーナが食べるのを躊躇(ちゅうちょ)しているところを見て、タクマの子供達が不思議そうな顔で質問する。

「あれー？　シーナちゃんもルーナちゃんも食べないのー？」

「おやさい、にがいからきらいなの……」

「おいしくない……」

ザインは、シーナとルーナを注意しようとするが、タクマはそれを止めた。すると、子供達が二人に語りかける。

「お野菜は、大事だよ。お父さんが言ってたんだ、お野菜をいっぱい食べれば、病気になりづらくなるんだって」

「そうそう。病気は苦しいから嫌だよね。ぼくも病気が嫌だからお野菜食べるの。それに、お野菜は苦いだけじゃなくて、色んな味がするからきっと大丈夫だと思うよ」

タクマの子供達に促され、シーナとルーナは恐る恐るサンドウィッチを口に入れた。

次の瞬間、二人の表情が明るくなる。

「あれ？　おいしい！　にがくない！」

「おやさいのあじはするけど、おいしいあじがする！」

二人は笑みを浮かべながら、サンドウィッチを平らげてしまった。

ザインは、自分の子供達が野菜を笑顔で食べるのを見て、驚きを隠せなかった。そして目の前にあるサンドウィッチを口に入れた。

「！　これは……」

タクマが出したサンドイウィッチに入ってる野菜は、細かく刻まれていたり、ドレッシングが掛けられていたり、苦味を感じないように色々と工夫されていた。

「子供は苦みに敏感です。だから小さいうちは野菜が嫌いなんですよ。だったら食べやすいようにしてやれば、あのように食べてくれるというわけです」

この世界のほとんどの家では、ここまで手間を掛けない。ザインとユーミは次からは自分の家でもこうしてもらおうと決心しながらサンドウィッチを平らげる。

ちなみに、スージーとトリス、マギーとショーンは一心不乱に食事を進めていた。

食事が終わると昼を少し回っていたので、いよいよ移動だ。タクマの家の子供達とマギー達は再び会う事を約束してお別れをした。

「さあ、行きましょうか」

タクマは再び空間跳躍を使い、トーランのコラル邸へ跳んだ。


到着すると、そこにはコラルが待機していた。国の重要人物がいるので、護衛を用意してくれたようだ。

「スージー様、トリス様。ようこそトーランへ。宿までの道中の警護は、私の私兵達が行います。タクマ殿がいるので安全だとは思いますが、護衛は必要なものですのでご了承ください」

跪きながらそう言うコラルに、スージーは柔らかな笑みで受け答えする。

「コラル殿。お気になさらないで。護衛が必要なのは分かっています。宿までよろしくお願いしますね」

「はっ！　お任せください。ザイン様、今日は宿の視察だそうで、ゆっくりご覧になられてください」

実は、ザインの視察は名目でしかない。身体を休めてもらうのが、本来の目的である。

その事はすでにコラルにも話してあったが、どこに耳があるか分からないので、コラルはその設定を忠実に守っている。

「うむ。コラル殿も忙しいところ、色々と尽力してくれて感謝する。道中の警護は頼んだ」

挨拶が終わると、コラルは全員を馬車へ案内した。

コラル邸の門の前には、豪華な馬車が二台用意されていた。

二台の馬車は同じくらいの豪華さだが、大きさが違う。大きい馬車は王族用、それより一回り小さいのがザイン達の馬車だ。

それぞれに乗り込むと、その前後に馬に乗ったコラルの私兵が付いた。

その後、タクマはザイン一家が乗る馬車に乗り込んだ。タクマが、馬車を護衛するコラルの私兵に声を掛ける。

「じゃあ、出発しようか」

「承知いたしました。全員乗車！　目的地はタクマ殿の宿！」

号令とともに、馬車は出発する。

ちなみに、何故タクマがザインの馬車に乗ったかというと、王妃達が乗っている馬車に乗ってしまうと、いらぬ誤解を受けるかもしれないからだ。これはコラルから言われた事なので、タクマは素直に従った。

「タクマさま。きょうお泊まりするのは、どんなところなの？」

「わたしたち、お泊まりするのははじめてだから、たのしみなの！」

シーナとルーナは人懐（ひとなつ）っこい笑みでタクマに聞く。

「そうだなあ。きっと今まで見た事のない建物だから、外見を見るだけでも面白いかもしれないね。それに、泊まるお部屋も面白いと思うから、楽しんでくれたら嬉しいな」

タクマは二人に笑顔で答える。

シーナとルーナは目を輝かせて、早く着かないかとそわそわしていた。さすがにザインとユーミははしゃぐ事はなかったが、楽しみにしているようで表情は明るかった。


道中、ザインはタクマに話しかける。

「タクマ殿。挨拶の時には話せなかったが、私の妻が若い事が気になっていたのだろう」

ザインは、自分と比べてあまりにも若いユーミを紹介した際、タクマの表情がわずかに動いた事に気が付いていた。

「それは……」

タクマが言い淀（よど）んでいると、ザインは苦笑いを浮かべて口を開く。

「そんな言いづらい事ではないのだ。私が婚期を逃しただけの事だ。だからこそ、ユーミと出会えたのだがな」

ザインは、仕事ばかりしていたせいで結婚できなかったらしい。しかし、そのおかげで今の妻と出会えたという。

ユーミはザインの隣で、頬を赤く染めながら頷いていた。

「なるほど。気を遣ってくれてありがとうございます。確かに年齢差という意味では気にはなりましたが、それ以外は思うところはありません。幸せそうで何よりです」

タクマがそう言うと、ザインは満足そうに頷いた。

そんな事を話していると、馬車が止まった。どうやら宿に着いたようだ。先ほど話しかけた私兵がタクマの所へ近寄ってくる。

「タクマ様。宿に到着しました。周囲に人もおりませんので、降りていただいて大丈夫です」

「ありがとう。では、降りましょうか」

タクマは私兵にお礼を言うと、先に馬車を降りてザイン達に降車を促す。そして、もう一つの馬車に向かい、スージー達をエスコートする。

「皆さん。到着しました。辺りの安全は確保してありますので、降車いただいて大丈夫です」

まずはマギーとショーンを抱っこして降ろしてやる。そして、スージーとトリスの手を取って、降車の手伝いをした。

私兵に降車を手伝われたザイン達も、スージー達のいる馬車の前に来た。そして宿の建物を見て唖然としている。

　スージー達も同じような反応を示した。

「大きいわね。それにすごくきれいな建物……」

「ええ。見た事もない建物ですし、それ以上に神聖な感じがします……」

　マギーとショーンも宿の大きさを目にして、テンションが上がっているようだ。

「おっきいねー！」

「うん。これがきょう泊まるところなんだね。おっきくてカッコいい！」

　全員の反応を見て、タクマは満足そうに頷いた。そして全員に話しかける。

「さあ、中に入りましょう。もっと驚きますから」

2　チェックイン

　宿に入った二組は、この日のために頑張ってきた従業員達に迎えられた。

「「「いらっしゃいませ」」」

　受付の前に並んだ従業員達が、一斉に声を出す。スミス一家の娘のアンリと妻のカナンも、その場に立っている。

「いらっしゃいませ！　今日は私達の宿にお出でいただきまして、ありがとうございます。案内をさせていただくカナンと、娘のアンリです。何かございましたら、どうぞなんなりと申し付けてください」

カナンはそう言って、アンリとともに深く頭を下げた。

カナンに続き、アンリが宿への入り方を説明する。

「この宿は、土足禁止となっております。ここで履物を脱いでいただき、壁に並んでいる靴入れに入れてください」

靴入れはロッカータイプで、靴を仕舞って扉を閉めるとその人間の魔力で施錠される仕組みになっていた。同じ人間でないと開けられないというわけである。

全員が靴を仕舞うと、アンリはスリッパに履き替えるように促す。

「それでは受付へどうぞ」

二人は八人を連れて受付へ移動を始める。一家族の荷物はタクマのアイテムボックスに入れてあったので、タクマはそれを従業員達に渡した。

受付のカウンターには、スミスとアンリの配偶者であるマークがいた。

スミスが声を掛ける。

「本日は、当宿をご利用いただきありがとうございます。責任者のスミスと申します。早速ですが、お泊まりになる方のお名前をこちらの紙にご記入ください」

スミスは一冊のノートをスージーとザインの前に出した。

「これに名前を書けばいいのですね」

「うむ。変わったシステムだ」

二人は、渡されたノートに自分の名前と一緒に泊まる家族の名前を記入していった。

するとノートは青く光り始める。書いていた二人はその光に驚いて、一歩後ろに下がった。慌ててスミスが告げる。

「申し訳ありません。説明が足りませんでした。このノートは魔道具で、名前を書くと青く光るのです。なお、偽名を書いた時は赤く光ります。当宿は、皆様のような高貴な方が泊まるように用意された施設なので、身分をしっかりと明かしてもらうのが決まりなのです」

スミスの説明を聞いて、納得したように頷くスージー。

ザインが質問する。

「なるほど。では、偽名を使った者は泊まれないという事だな？　ちなみに、強引に君達を脅して泊まろうとした場合はどうなる？」

「敵意、殺意、悪意などを持った人はその場で無力化されます。なお武器をお持ちの方は、受付に武器を預けていただきます。この宿ではいっさいの暴力が認められておりません」

「ふむ。安全性に関しては最高レベルにあるわけか……」

ザインはスミスの説明を聞いて納得した。

一通り話が済んだところで、部屋に案内する事になった。

「では、受付手続きが終わりましたので、スージー様一家はカナン、ザイン様一家はアンリについて、お部屋に移動してください。今晩はごゆるりとお過ごしくださいませ」

スミスはそう言って、マークとともに頭を下げた。

「では、ご案内いたしますのでこちらへどうぞ」

カナンとアンリが二組を二階の客室へと連れていく。

スミスとマークはその背を見送ると、急に膝から崩れ落ちた。

「店長！　大丈夫ですか!?」

従業員に支えられて立ち上がったスミス。彼は放心状態となっていた。

「あ、あんな感じで大丈夫だっただろうか……手続きの説明をせずに、混乱させてしまったようだが……」

スミスは自分の失敗で王妃達が気分を悪くしたと思っていた。周りで見ていた従業員達は、大丈夫だと励ます。

「あれくらいなら問題ないかと思います。言い忘れた事もすぐにフォローできましたし、質問にもきちんと答えてましたから」

「そうか？　だったら良いのだが……」

力が抜けて自分の力で立てなくなってしまったスミスとマークは、従業員達によってフロント裏の小部屋へ運ばれていった。

従業員の一人がスミスに声を掛ける。

「後は私達がやります。どうにか乗り越えていきましょう」

「ああ、そうだな。みんなで頑張ろう。それに、俺達よりもカナンとアンリの方が大変だろうしな……」

その言葉を聞いた従業員は、一つの質問を投げかけた。

カナンとアンリは、王族や貴族と接する事に慣れていない。元々、城で勤めていた自分達がやった方が良かったのではないかと思ったので、それについて聞いてみたのだ。

「確かに、みんなにやってもらった方が良いに決まってる。だけど、この試練は俺達一家のためというのが大きいんだ。みんなは、高貴な存在と日頃触れ合っていたから対応はできるだろう。だが、俺達にとっては初めて尽くめだ。だからこそ、タクマさんは俺に任せてくれたんだと思うんだ」

スミスはタクマの意図を的確に理解していた。

そもそも宿泊業務の流れを確認するだけなら、誰を泊めても良いはずだ。それをわざわざ王族を連れてきたというのは、それなりに意味がある。今回の演習を乗り越えられなくては、責任者として住み込んでいる意味がない。スミスはそのように従業員達に話した。

「確かにそうかもしれません。私達は商会長の考えを理解してなかったのですね」

従業員達はなお一層、この親子の手助けをしていこうと心に決めるのだった。

3　王妃達の衝撃

受付を終え、カナンに案内されている王妃一行。

彼女達は、改めて宿の大きさに驚いていた。外観を見ただけでもかなり大きいと感じていたが、中はさらに広かった。

カナンの案内で階段を上り、長い廊下を奥へ歩いていく。

突き当たりの部屋が、スージー達の宿泊する部屋だった。

「こちらがスージー様達のお部屋でございます。入り口でスリッパをお脱ぎになって、お入りくださいませ」

カナンは扉を開けて、スージー達を迎え入れる。

スージー達はスリッパを脱ぎ、中へ入った。

「これは……変わった部屋ね……」

部屋には畳(たたみ)が敷かれていた。畳を見た事がないスージー達は、その不思議な床の踏み心地に驚く。

しっかりとした硬さはあるが、その感触は石の床と違って温かみがあった。

「おかあさま！　床がきもちいい！」

マギーは床の感触が楽しくて、ショーンとともに走り回った。スージーが、宿の迷惑になるからと止めようとすると、カナンが告げる。

「この宿の客室には、防音の魔法が掛かっています。なので、お子様が暴れたくらいでは音が漏れる事はありません」

「……そうなの。ただの宿ではないと感じてはいたけど、そこまで規格外なのね」

スージーはそう言い、トリスと一緒にソファーに座って、部屋の周囲を見回す。

木がふんだんに使われた部屋には温かみがあり、とても居心地がよい。普段生活している城とは違っていた。

マギー達はひとしきり走り回って満足したのか、しばらくしてソファーに腰を落ち着けた。

カナンがスージーに声を掛ける。

「それでは、室内をご案内させていただいてよろしいでしょうか？」

「ええ、お願いするわ」

それからカナンはスージー達を、寝室、トイレ、クローゼットと順に案内していった。スージーがクローゼットで何かに気付く。

「ねえ、さっきの服は何？　見た事もないデザインだったようだけど……」

女性なだけあって服には敏感なようだ。この世界では、宿が宿泊客の寝間着を用意するという風習はない。

カナンは笑みを浮かべて答える。

「これは宿が用意した部屋着兼寝間着です。これからご案内するお風呂に入った後で、着替えていただけたらと思います」

「そんな事までしてくれるのね。すごい心遣いだわ」

スージーが感心していると、カナンは笑顔のまま答える。

「この宿は、スージー様のような身分の高い方が使われますから、サービスは最高のものをと商会長が作り上げたのです」

「さすがね……」


続いて、スージー達は風呂へ移動する。

脱衣所に入ると、そこはさらに木材を贅沢に使っていた。

部屋は全て板で覆われ、壁には脱いだ服を置くための棚が設置されている。女性には嬉しい鏡付きのドレッサーまで完備されていた。

「こちらで服をお脱ぎなっていただき、奥の引き戸からお風呂へ移動していただきます。お風呂を確認するのは、入浴される時がよろしいかと思います」

カナンは風呂の説明をあえてしなかった。それが却って、スージー達の好奇心を刺激する。

「じゃあ、早速入ろうかしら。みんなはどう思う？」

スージーがみんなで入ろうと提案すると、ショーン以外は賛成だった。ショーンは男の子なので、一緒に入るとは言えないようだ。

「ショーンは一人で入れる？」

「大丈夫です。僕はお母様達の後で入ります」

ショーンは一人でリビングへと移動していった。

「では、皆様はお風呂の入り方などは分かりますか？」

「ええ。しっかりと身体の汚れを取った後で、湯船に浸かるんですよね。その辺は城でもやっていますので大丈夫ですよ」

「分かりました。お風呂を出る時にこの突起に触れてください。これはお風呂を上がったと、私に知らせるものですから」

壁のボタンを指し示しながら、カナンは説明を終えた。

カナンがその場を離れると、スージー達は服を脱ぎ始める。普段は使用人に服を脱ぐのを手伝ってもらっているが、王妃二人は元々商家の出である。自分の事は自分でできるので、まったく問題はない。もちろん、マギーも自分でできるようになっている。

服を脱いで籠に入れ、彼女達は大きなバスタオルを身体に巻きつけて風呂へと移動した。

引き戸を開けると、そこにはあり得ない光景があった。スージー達の目の前には、雪景色が広がっていたのだ。

「エーーー!?　なんで？」

「なんで外に!?」

「わー、きれいだねー」

目の前の光景に、バスタオル一枚で固まる王妃二人。マギー一人呑気に喜んでいる。衝撃を受けたスージーは、思わずカナンを呼ぶ。

「カナンさん！　ちょっと、カナンさん!?」

驚いたカナンは、リビングから慌てて戻ってきた。

「どうかしましたか？　何か不備でも……」

「な、な、なんで脱衣所の扉を開けたら雪国なの!?　それに外でお風呂に入るなんて……誰かに見られたら……」

自分達の恰好を思い出したスージーは、身体を隠すように手を動かす。

「そうでした。説明不足すぎましたね。お風呂場には空間魔法が付与されていて、普通の空間ではありません。なので、人に見られる心配はありません。そして空間の景色ですが、商会長であるタクマさんの故郷を再現したものだそうです。事前に説明しておくべきでした。驚かせてしまい申し訳ありません」

カナンが頭を下げると、スージーは冷静になった。

「そ、そうだったの……驚かせたいという気持ちは分かったわ。これほどの光景ですもの、説明な

しで見せたいわよね。でも、説明は欲しかったわ。そうすれば私も慌てずに済んだのに……」

「本当にすみません……」

自分のミスに顔を青くするカナン。

スージーは、カナンの肩を優しく叩いて続ける。

「良いのよ。そういう事に気付くための予行演習でしょ？　私達も怒る気はないの。ただ、ちょっとびっくりしただけ。私達も珍しい宿に泊まれる事に浮かれていたわ」

「申し訳ありませんでした。この経験をしっかりと心に刻んで、これからの接客に生かしてみせます」

「ええ、頑張ってね。じゃあ、私達はこの素晴らしいお風呂を堪能させてもらうわ」

スージーはそう言って、風呂の中へ消えていった。

誰もいなくなった脱衣所で、カナンはまっすぐ立っていられずに壁に手をつく。

「王妃様が優しい方で良かった。下手すると大変な事態になっていたわ……」

カナンはスージーに感謝しつつ、落ち着きを取り戻そうとする。そこへショーンがやって来て、カナンを気遣う。

「おばさん、大丈夫ですか」

カナンが振り向くと、ショーンは心配そうな顔をしていた。

「すみません。お恥ずかしいところをお見せして……すぐにそちらに戻ります」

慌てて動こうとすると、ショーンはカナンに手を差し出す。

「大丈夫。今は僕しかいないし、ゆっくり戻れば良いです」

ショーンはまだ少年だが、紳士の振る舞いができていた。

カナンはショーンの気遣いに感激し、すぐに立ち直る。子供の優しさというのは、嬉しいものなのだ。

「お気遣いありがとうございます。おかげで元気が出ました。一緒にリビングへ戻りましょう」

カナンはショーンの手を借りて客室へ戻るのだった。

風呂場に入ったスージー達は、辺りを見回す。

そうしてこの空間の空調などが、しっかり管理されている事に気付いた。雪景色にもかかわらず、寒くないのだ。

「冷静になってみると、ここが外ではないという事が分かるわね。衝撃が大きすぎて、うろたえてしまったけど」

そう言って恥ずかしそうにするスージー。

それから三人は浴室に入り、まず洗い場で身体と頭を洗っていく。王族であってもこの広さには慣れないらしく、スージーとトリスは落ち着かなかった。

「城のお風呂も初めての時は驚いたものだけど、ここの衝撃には勝てないわね」

「ええ、最高の贅沢だと感じるわ」

二人が話しながら掛け湯をしていると、マギーは待ちきれずに急かす。

「おかあさま！　はやく！　おふろにはいろ！」

「ほら、はしたないわ。もう少しお淑やかにね」

スージーはマギーを宥め、掛け湯をしてやる。

身体を洗ったところで、いよいよ入浴となった。木で作られた浴槽からは、とてもいい香りが漂っている。

風呂に浸かった三人は、思わず息を吐き出した。

「「「ふわー……」」」

適温に保たれたお湯が、三人の身体を包み込む。

「これは、すごく気持ちがいいわ……」

「何か嫌な事があっても吹っ飛んでいく感じ……」

「なんかお湯がきもちいいのー。やわらかいー」

マギーの感想に二人の王妃はハッとする。手でお湯を掬うと、マギーの言ったように柔らかく感じた。

ただの水を温めたのではないらしく、彼女達の肌に変化があった。いつも乾燥してかさついていた肌が、潤っていくような感じがした。

「嘘……肌がつるつるに……」

「なんで？　肌が若返ってる感じがする……」

二人は自分の肌を触りながら、自分の身体に起こっている変化に驚いていた。

しばらく浸かっていると、マギーが熱いと言い出したので出る事にした。

風呂から上がったスージー達は、脱衣所にあるボタンを押す。すると、客室にいたカナンが寝間着を持って現れた。

「お風呂はいかがでしたか？」

「すごく気持ち良かったわ。それに……ねぇ……」

「ええ、なんだかとても肌の様子が……」

王妃二人は自らの変化に戸惑いを感じているようだ。それを察したカナンは、二人が身体を拭いている間にタクマから聞いている範囲で説明を行う。

「宿のお風呂は温泉で、お湯には肌に潤いを与える効果があるそうです」

「ただの水を沸かしたのとは違うのね」

「ええ。タクマさんが言うには、ただの水を沸かしても効能はないのだそうです。地下深くで色々な成分が溶け出した温泉だからこその効果だそうです。普通のお風呂より、身体の芯から温まってないですか?」

カナンの言った事は正しく、風呂から出て身体を拭いた後でも、不思議とポカポカと暑いくらいだった。城のお風呂では、身体を拭き終わる頃には冷えてしまっているというのに。

カナンはさらに続ける。

「普通、お風呂を出た後は肌が乾燥してしまうものですが、温泉のお湯には保湿効果もあると聞きました」

「確かに入浴後は肌がカサカサしてしまうので、オイルを塗る時があるわ……でも、ここではいらないわね」

スージーがそう言うと、カナンは頷いて話す。

「私達家族はこの宿で生活を始めたばかりですが、お風呂に入るようになってからは肌の調子が良いんです」

「あのね。わたしの髪の毛がいつもと違うの!」

カナンに身体を拭かれながら、マギーは髪をアピールした。

マギーの話を聞いていた王妃二人が、「そういえば」と言って自分の髪を撫でる。カナンがその理由を説明する。

「髪の変化はシャンプーとトリートメントのおかげです。しっかりと説明を読んで使用してくれたのですね」

風呂には、この世界では珍しくシャンプーが置いてあった。またトリートメントもあり、洗髪後それを髪に付けしばらく置いてから流すように書かれていた。

「なんでわざわざそんな事をしなくてはいけないのかと思ったけど、これほど効果があるなんて……それにすごく良い香りがする……私達が使ってる石鹸も香りはあるけど、ここまで香らないわ。すごく良い匂い……」

自分の髪を鼻に近づけて、匂いを確かめる三人。髪は、バラの香りに包まれていた。

三人とも身体を拭き終わったので、湯冷めしないうちに着替える。

カナンは、魔石が嵌め込まれた小さな箱を取り出して触れた。

「今のは？」

「これは、お着替えを手伝う人を呼ぶための装置です。ちょっと着方が分かりづらいので」

カナンは三人に待っているように言って、一旦その場を去った。カナンが連れてきたのは、従業員の女性と夕夏だった。

「彼女達が着付けを担当します。私はショーン様がお待ちなので、戻らせていただきますね」

カナンは夕夏達と入れ替わりで客室へと戻っていく。

夕夏が説明を始める。

「それでは着替えを手伝わせていただきますね。まずはマギー様に着ていただきましょう」

夕夏がそう言うと、一緒に来ていた従業員がマギーの前に跪く。

まず七分丈のズボンを穿かせ、ズボンが落ちないように紐を結ぶ。そして上着を着せると、その様を見ていたスージーが声を掛ける。

「この服にはボタンがないけど、どうやって前を留めるのかしら？」

「これは甚平という服で、ボタンで留めるのではなくて紐で結ぶのです」

従業員は、夕夏とミカから習った通りに説明する。そして、スージー達にも分かるように、結び目を見せてあげた。

「なるほど。二カ所で留めれば着崩れしにくいのね。それにしても、動きやすそうな恰好ね」

スージーがそう言うと、従業員が応える。

「お子様はたくさん動かれるでしょうから、男女ともこの甚平に決められたのです」

「タクマさんらしい配慮ね。子供の事を考えての衣装のようね」

手早く着付けを終えると、マギーは真っ先にショーンに見せに行った。

続いて、王妃二人の番である。

着付けできる者が二人いるので、一度にまとめてやる事になった。夕夏がスージーを担当し、従業員がトリスを担当する。

夕夏と従業員が、スージーとトリスの後ろに立つ。

まず二人に浴衣の袖に腕を通してもらう。用意した浴衣は寝間着にも使うタイプなので、腰で織り込みをしなくても良いのだ。次いで、背中の縫い目が中心に来るようにする。そして襟先を揃え、裾をくるぶしの位置に合わせると、右側の襟を下にして前を重ねる。

最後に帯を締めれば完成だ。なお、用意していた帯は室内で過ごす事を想定しているので、５㎝幅の柔らかい物である。それを前から後ろに回し、後ろで交差させて前に出す。蝶結(ちょうむす)びで帯を固定すれば完成である。

浴衣姿を見て、スージーとトリスは思わず呟く。

「「これ……すごくかわいい……」」

二人の王妃は、まるで少女のようにその場で回ったりしてはしゃぐのだった。しばらくして、トリスは客室に向かって声を掛ける。

「ショーンもお風呂に入ってきなさい。きっと驚くわよ」

◇　◇　◇

ショーンは脱衣所に来ると、服を脱いで籠へと入れた。

普段は服を脱ぐと使用人が勝手に片づけてくれるのだが、今日は自分でやった。備え付けてあるタオルを手に取り、腰に巻いて風呂場へ歩き出す。

その前に、後ろに控えていたカナンに声を掛ける。

「おばさん。僕は一人でお風呂に入れますよ？」

そう言って一人で風呂に入ろうとするのだが、カナンは首を横に振る。

「ですが、小さいお子様が一人で入るのは避けたいのです。ショーン様が一人で入れるというのは分かりますが、何かあってからでは遅いですから同行させてください」

そう言ってカナンは笑みを浮かべて笑いかける。

(あ……この笑顔はお母様と一緒だ。何を言っても駄目な時と一緒だ)

カナンは一人娘を育てた母親である。子供に駄目なものは駄目とはっきりと言えるのだ。

ショーンはこれ以上言っても覆る事はないと諦め、風呂の引き戸を開けた。

「……え？　なんで？」

母達と同じように目の前の景色に驚いていると、カナンは優しく説明をした。

話を聞いたショーンの反応は、母達とは違って落ち着いたものだった。母達が慌てているところを見ていたので、風呂に何かあると覚悟をしていたのだ。

「こんな景色を見るのは初めてですが、とってもきれいですね」

内心すごく興奮しているのだが、一緒にいるカナンに幼稚な様を見せたくないので、できる限り冷静に言葉を紡ぐ。

カナンに通用するものではないのだが、彼女は黙って気付かない振りをする。男の子のプライドを傷つけないためだ。

「ありがとうございます。さあ、いつまでもそのままでは風邪を召してしまいます。お身体をきれいにして湯に浸かりましょう」

　そう言いつつ、カナンは内心こう思っていた。

(可愛い子ねぇ。冷静を装っているけど……きっと私にはしゃいだところを見せたくないんでしょうね)

　ショーンは促されるままにシャワーの前に座ると、身体と頭を洗った。彼はすぐに泡を流して湯船に移動しようとしたのだが、カナンが止める。

「ショーン様。背中が洗いきれていないようです。僭越ながら私にお背中を洗わせてくださいませんか？」

　ショーンの機嫌を損ねないように、カナンは丁寧にお願いする。

「え？　ちゃんと洗ったつもりだけど……」

　自分の背中を見ようとするが、さすがに無理である。ショーンの可愛い仕草に、カナンは微笑みながら優しく話す。

「背中は、自分で洗うのが難しいのです。さあ、もう一度座ってくださいね」

　ショーンを再び座らせ、カナンはタオルを泡立てて背中を擦ってやる。子供なので激しくはできないので優しく洗っていく。

　全体をしっかりと洗うと、シャワーで泡をきれいに流した。

「これで大丈夫です。さあ、肩まで浸かって温まりましょう」

カナンはそう言うと、入り口に戻った。一人でお風呂を味わわせてあげかったからだ。

ショーンは湯船に入ると、自分の髪を確認した。触ってみると、普段とは違って髪の毛に引っかかりを感じない。スルスルと髪の間を指が抜けていく。

「これはすごいや。いつもは髪を洗うとキシキシしたりするのにまったくない。それにこの景色……きれいだなぁ」

ショーンは湯に浸かりながら、辺りの景色をボーッと眺める。雪が降っている山々を見ていると、不思議と心が安らいでいった。

しばらくそうしていると、カナンから声が掛かる。

「ショーン様。そろそろ上がりませんと、のぼせてしまいます」

ショーンはハッと我に返った。そして自分の身体が温まっている事に気が付いた。

「え？　いつもより短いのになんで？」

「このお湯は温泉といって、色々な効能があるんです。肌がきれいになったりとかもそうですが、身体を芯まで温めてくれるんです」

カナンはそう言いながら、ショーンに近づいて手を差し出す。もし立てなかった場合を考えての事だ。

ショーンはカナンの手を借りて立ち上がると、そのまま風呂から出た。

脱衣所に移動し、身体が冷えないうちに水気を拭き取っていく。下着を着終えると、すでに従業員が待機をしていた。出入り口付近には夕夏も控えている。

「じゃあ、甚平を着ましょうね」

そう言って従業員は、ショーンに甚平を着せていく。

ショーンは甚平がとても肌触りの良い事に気が付いた。それをカナンに尋ねると、すぐに答えが返ってくる。

「これで寝るのですから、肌触りはこだわっているそうですよ。それに動きやすいでしょう？　動いても楽なようになっていますので、いっぱい動いても良いですからね」

そう言われたショーンは、嬉しそうに頷くのだった。

◇　◇　◇

風呂を出たショーンは、客室へと移動した。

その後、マギーとショーンは食事の時間になるまで、思いっきり部屋で遊んだ。今まで見た事のない部屋なので、探検をしてるだけでも楽しいようだ。

ひとしきり遊び終わると、二人は王妃達の所へ戻ってきた。

「おかあさま！　わたし、おなかすいちゃった！」

「ぼ、僕も……」

お腹を押さえながら二人は、スージーとトリスに訴える。スージーが口を開く前に、カナンが口を開いた。

「では、ちょっと早いですが、食事の手配をしましょう」

カナンが退室していく。

家族だけになり、スージーとトリスは宿の感想を言い始める。

「たった数時間で、どれだけ度肝を抜かれたんでしょうね……」

「そうね。どれも変わった趣向ではあるけど、世界でも類を見ない宿でしょうね。外観、内装、サービス、そして温泉。これが本格始動したらどうなるのかしら」

接客に拙い点はあるが、それを帳消しにしても余りある衝撃があった。

「わたしね、またここに来たいなー」

マギーにとっては、初めての宿で初めての泊まりだった。随分喜んでいるようだが、スージーは今後の事を考えて少し不安になった。

「あのね、マギー。この宿は普通の宿とは違うからね？　この宿はね、タクマさんが力を結集して作り上げたものなの。他の人に真似のできないようなすごい物がいっぱいだったでしょ？」

スージーはそう言って、この宿を基準にしないように念を押した。ここを基準にしてしまえば、他の宿に泊まった場合の落胆が大きくなってしまうからだ。

「そうなのかー。タクマおじちゃんって、すごいんだねー」

難しい事は分からないが、タクマがすごい物を作り上げたと聞いて、マギーは手放しに感心する。

「お母様。タクマおじ様はすごいんですね。かっこいいです」

ショーンはタクマに憧れを持ったようだ。

トリスが応える。

「そうね。タクマさんは、使う人が楽しんでくれるように頑張ったのでしょうね。でも、ショーンだって、将来は国の民達を幸せにするんでしょ？」

「はい！　みんなに幸せになってほしいです」

ショーンはそう言って胸を張った。

そんな事を話していると、部屋の扉をノックする音が聞こえる。

「お食事の用意ができました。入室してもよろしいでしょうか？」

「どうぞ。お入りになってください」

「失礼します。お食事の給仕をさせていただく、ファリンと言います。よろしくお願いいたします」

スージーが迎え入れると、そこにはカートを押したファリンがいた。

食事の時の世話は彼女が行い、その間にカナンは休憩を取るのだ。ファリンとスージーは面識はあったが、初対面のように振る舞っている。

ファリンは手早くテーブルに食事を並べていく。運ばれてきたにしては、全ての料理が熱々だった。

「ファリンさん。すごく熱々なのは見ただけでも分かるのだけど、何故冷めていないの？」

スージーが首を傾げながら聞く。

「お食事を持ってきたカートに、状態保存の魔法が付与されているんです。なので、できたてそのままでお届けできるんです」

テーブルに並べられたメインの料理は、水炊きだった。その鍋の脇を、天ぷら四種、酢の物、茶わん蒸しが固める。

カートには、おひつに入ったご飯と卵が置いてあった。

「この木の箱に入っているのは？　ちょっと甘い香りがするけど……」

スージーが尋ねると、ファリンが答える。

「これはタクマ商会長の故郷で食べられていた、米という穀物です。商会長の故郷では、この米が主食なのだそうです。普段はそのまま食べるのですが、今日は趣向を変えて出そうと考えているので、少しお腹を空けておいてくださいね」

しばらくして全ての準備が整った。マギーとショーンは目の前の食べ物に釘づけだった。ファリンはその姿を見て笑みを浮かべる。

「では、鍋を取り分けますね。いっぱい食べてください。鍋という料理はみんなで食べるのだそうです」

ファリンは鍋の具材を取り分けて、各自に渡していく。

そして、タクマの家で行われている食事の挨拶をファリンが口にし、早速食事が始まる。

「いただきます」

「「「いただきます！」」」

各々気になった料理を口に運ぶ。スージーとショーンは最初に天ぷらを口にした。

「はふっ！　あっふい……でも、カリッとしてて食感が面白いわ。それに、シンプルなのに美味しい」

「すごく美味しい……野菜って苦いと思ってたけど……」

用意された天ぷらは、エビ、イカ、人参、たまねぎと貝柱のかき揚げだった。二人は、サクッとした食感と口の中に広がる素材の旨味に感動している。

「このプルッとしたのと甘酸っぱいのすき！　おいしいねー！」

「そうねぇ。この酢の物だったかしら？　この酸味は癖になるわね」

マギーとトリスが言う。マギーは茶わん蒸しと酢の物がお気に入りで、トリスも酢の物に感激していた。

茶わん蒸しは、具材の舌触りと鶏肉の味わいが最高なのだ。酢の物には、お酢だけではなくレモンの果汁も使っているので、酸味に深みが出ている。

その後、四人はメインの鍋へ手を伸ばす。

「問題はこれよね」

「ええ。取り分けて食べるのなんて初めてだわ」

スージーとトリスはそう口にして、不安げにする。

食べ方が特殊だった。取り皿に取ってもらいはしたが、別に用意された小さなカップにスープが半分くらい入っている。ファリンからは、まずそれを飲んでほしいと言われていた。

四人は言われるがままに、カップに口をつけた。

「あら。鶏の味がとっても強いのね」

「でも、くどいわけじゃないわね。むしろとっても優しい味……」

王妃二人は、意外なほどにあっさりとした出汁の味を堪能した。マギーとショーンもいつも城で食べているような味覚を刺激するようなスープではないので、あっという間に飲み干した。

「しょっぱくないー」

「お城で出されるスープは味が濃くて飲めないのに、これは飲めました」

そんな事を言う子供達に、スージーは苦笑いを浮かべる。

確かにいつも城で出されている料理は、とても味が濃かった。豪華だが、子供達にとっては刺激的すぎるのだ。

出汁を味わった後は、取り分けられた鍋の具材を食べる。そのままでも美味しいのだが、備えられたポン酢を垂らすと、さっぱりと食べられた。

ひとしきり鍋を楽しんでいると、ファリンが話し始める。

「子供達の味覚はとても敏感なんです。小さいうちから強い刺激を与えてしまうと、細かい味が分からなくなるそうです。この宿で出す料理は、子供達でもたくさん食べられるように考えられています。じつは調味料は、味を調(ととの)える程度しか使っていません」

ファリンはそう言って、料理のコンセプトを話していく。

タクマの宿では、家族で一緒に食べるという事を重視していた。家族で食卓を囲み、同じ物を食べてもらおうと考えたのだ。

そのために、子供でもたくさん食べられる優しい味付けにしている。なお、味を濃くする場合は、自分達で味を足す事ができるようにしてある。

スージーがファリンに問う。

「子供の味覚ってそんなに違うの？」

「大人とは別と考えた方が良いとの事です。出汁で味のベースを作り、調味料で調えるだけで、このスープのようにしっかりと味が出るんです」

ファリンが説明すると、スージーとトリスは感心したように頷いた。

マギーとショーンの食欲を見れば、この料理の良さは一目瞭然だった。普段小食だと思っていた二人が、もりもりと食べているのだ。

思い出してみると、タクマの屋敷に遊びに行った時も、二人は普段より食べていた。てっきり運動してお腹が空(す)いていたのだろうと思っていたが、それだけではなかったようだ。

マギーとショーンは言いにくそうに話す。

「あのね、お城のごはんもおいしいよ。でも、しょっぱくて、いっぱい食べられないの……」

「僕も同じです。お城の料理はとてもしょっぱいんです。それに脂(あぶら)っこくて、お腹がムカムカする時があるんです」

スージーとトリスは申し訳なさそうに言う。

「そうだったの。二人ともごめんね。気付いていなかったわ。帰ったら料理長に話してみるわね」

「食事は大事だもの。普段食べる物は、この宿の考え方が正しいと思うわ。絶対に認めさせないと」

ファリンは二人の発言を聞いて、ちょっと嫌な予感を覚えていた。

(あ、これはタクマさんに言っておいた方が良い気がする。面倒な事になりそうだし)

とはいえ、言った事に後悔はなかった。

子供が食事を楽しめないのは、良い事ではない。タクマは基本的に子供が第一に考えており、その彼の思いは、家族であるファリンも共有しているのだ。

あっという間に、鍋の中身がなくなった。後は、スープを残すのみである。

ファリンは、その場で締めを作る事にした。

「皆さん、まだ食べられますよね？」

「「「もちろん！」」」

良い返事が返ってきたので、ファリンは鍋をカートに載せて魔力を流す。

カートには状態保存の魔法に加えて、もう一つ仕掛けがあった。

カートの天板は溶岩製で、炎の魔法を付与した魔石が嵌め込まれている。そこに魔力を流すと、再加熱が可能なのだ。

鍋がクックツと煮立ってくると、ファリンはおひつから米を出して鍋に入れた。米がほぐれたのを確認すると、卵を溶いて鍋へ流し込む。魔力を流すのを止めて、蓋をして蒸らすとでき上がりである。

最後に器に盛って各自に配る。

「締めのおじやでございます。熱いので気を付けてくださいね」

目の前に出されたおじやは、アツアツの湯気を上げている。

四人はスプーンでそれを掬い上げると、息を吹きかけて冷ましてから口へ運んだ。

「はふ！　あっふい！」

あまりの熱さに驚いた顔をしたが、食べるのを止めない。それどころか、じつに幸せそうな表情でおじやを食べ続けた。

再びあっという間に平らげてしまった四人は、同じ言葉を同時に出す。

「「「は～……幸せ……」」」

その言葉を聞いたファリンは満足してもらえたと分かり、満面の笑みを浮かべた。

食事が終わったスージー達は、食後の紅茶を飲んでいた。マギーとショーンの二人はソファーでうつらうつらしている。

戻ってきたカナンが王妃二人に話しかける。

「スージー様、トリス様。お子様達はそろそろ限界のようですし、寝室へお連れしてもよろしいですか？」

「そうね。あれだけはしゃいでいたら眠くなるでしょうね。お願いできるかしら？」

スージーがそう言うと、カナンはマギーを優しく抱き上げる。そうしてショーンの手を引いて寝室へ連れていった。

二人はベッドに横になり、すぐに寝息を立てて眠り始めた。

カナンはリビングに戻ると、部屋に戻ってくる時に押していたカートの蓋を開ける。そこにはお猪口（ちょこ）二つと酒の入った徳利（とっくり）が置かれていた。その他に、ちょっとしたツマミが用意されている。

「あら？　これは？」

「晩酌（ばんしゃく）をしてもらおうかと」

カナンはお猪口を二人に手渡すと、徳利に入ったお酒を注いでいく。

「気が利いてるわねぇ。ちょうど少し飲みたかったの」

お猪口に注がれたお酒を見つめながら、トリスが言う。

そして、トリスはスージーに話しかける。

「私達、こんなすごい宿に泊まって大丈夫なのかしら。次に宿に泊まるとなったら、絶対比べちゃうわ」

「そうね。私達もそうだけど、それ以上に子供達が心配だわ。初めて泊まる宿がここなんだから、普通の宿では絶対嫌がると思う」

二人は、子供への対策を話し合いながら晩酌を進めていった。


そして酒も入ってだいぶ酔った頃。

スージーは、子供がいる前では聞けなかった事を、カナンに尋ねる。

「ねえ、カナンさん。ずっと気になっていたのだけど、クローゼットには浴衣の他に、もう一着あったわよね？　あれって何？　すごく目立つ色合いだったけど……なんだかすごく扇情的(せんじょうてき)だったような」

「ああ、あれは……」

じつはクローゼットには、セクシーな下着のような物が入っていた。

カナンは二人にだけ聞こえるように、その使用法を説明した。すると、二人の顔はみるみる赤く染まっていった。

「え？　あれを着て⁉　女性から誘うの⁉」

「はしたないじゃない」

二人は自分から男性を誘った経験がないため驚いていた。

カナンはさらに話す。

「一般人の私からしたら普通なんですけどね。それにここは宿ですから、夫婦の営みも想定に入っていますす。夕夏さんとミカさんは今後の事も考えて、用意したみたいですよ」

宿の衣装を決めた夕夏達は、ここでの宿泊がきっかけで夫婦の絆を深めてほしくて、それを用意したと伝えていた。

「夕夏さんに曰く、この衣装で迫ったらイチコロよ！　……だそうです」

スージーは唖然としつつ言う。

「あの人らしいのかしら？　……でも、そう言われてみれば良いチャンスかもしれないわね。外に泊まる時くらい、これくらい大胆に……」

スージーは何やら思案し始める。

トリスもまた同じような事を考えていた。

「「ウフフフフ……」」

二人が怪しい相談をしている頃。

城では、たった一人で置いてけぼりをくらっていたパミルが執務室で仕事に励んでいた。

「くそ！　なんで我だけが留守番なんじゃ。今頃我も、タクマ殿の宿で最高な休みを過ごしていただろうに……」

パミルは子供達からの信頼を失うという失態により、今回留守番をさせられていた。その事を棚に上げて、パミルはずっと愚痴っている。

パミルが目の前の書類と格闘していると、不意に寒気が襲った。

「な、なんだ!?　背筋が急に……なんだ!?　何が起ころうというのだ？」

何も知らないパミルは言い知れぬ恐怖を味わいながら、仕事を続けるのだった。

怪しい相談をしていたスージーとトリス。二人はその後も話に華を咲かせながら、遅くまで晩酌するのだった。

◇　◇　◇

翌朝。スージーは、マギーの声で起こされた。

「おかあさま！　もう朝ですよ！　そろそろごはんだって！」

「うう……もう朝？　……マギー……もうちょっと声を小さく……」

ゆっくりと身体を起こしたスージーは、隣のベッドの方を見る。すると、自分と同じように顔色の悪いトリスの姿があった。

ショーンがトリスの身体を揺すっている。

「お母様。カナンおばさんに聞きました。すごく遅くまで起きていたそうじゃないですか！　夜更かしは駄目です！」

「うう……ごめんなさい……謝るからもう少し声のトーンを……」


その後、二日酔いの二人は、子供達に手を引かれてリビングへ移動する。

「おはようございます。良く寝られましたでしょうか？」

カナンは昨日と同じように爽やかな笑顔で挨拶をする。

「うう、ちょっと飲みすぎちゃったみたいなの……」

「気持ち悪い……」

「あら……夕夏さんの言った通りだわ。じゃあ、これを飲んでくださいね」

顔色の悪い二人に、カナンは苦笑いを浮かべると、二つの器を差し出す。器の中には、茶色いスープが入っていた。

カナンが二人に渡したのは、しめじと白菜の味噌汁だった。

「何これ……すごい色をしているけど、ちょっと食欲をそそる匂いだわ……」

そう言って二人は味噌汁を口にする。

味噌には、アルコールを体外に排出する効果がある。また、具材のしめじは肝機能を高め、白菜には肝臓の解毒作用があった。

カナンがそれを説明すると、二人はあっという間に味噌汁を飲み干した。

「ふう、すぐに効き目が出るものではないだろうけど、効能を聞くとなんだか効いた気になるわね」

「確かに言えてるわ。ちょっとすっきりしたかも……」


四人が席に着いてしばらく待っていると、カナンが配膳を済ませた。

テーブルの上には、小皿に盛られた付け合わせのおかずと、お椀が置かれていた。カートには、大きな鍋が置かれ、その蓋の隙間からは白い湯気が良い香りを漂わせている。

二日酔いの時は食事の匂いだけで気持ち悪くなったりするものだが、鍋から漂ってくる匂いには、不思議とそれがなかった。

スージーとトリスは、顔を歪めながら言う。

「でも、朝食は食べられないかな」

「ええ、今はちょっと入らないかも……」

しかし、子供達には朝食が必要だ。

カナンが告げる。

「朝食はとても大事ですよ。身体を動かすエネルギーを摂らないといけませんから。食べてみて無理なら仕方ありませんが、とにかく試してみましょう。マギー様とショーン様はしっかりと食べましょうね」

「「はい!」」

マギーとショーンは、元気に返事を返した。

カナンは鍋の蓋を取る。鍋には、白いお粥がたっぷりと入っていた。生のお米から炊き上げた本格的なお粥である。

お椀にお粥を注ぎ、四人の前に置いていく。

「え? これだけ?」

スージーは、目にした料理のシンプルさに、驚きを隠せなかった。他の三人は、少しがっかりとしているようだ。

だが、カナンは動じていなかった。このメニューを決めた時、自分も同じような感想を持ったのだ。このお粥を口にした時に衝撃を受けたので、食べたら分かってもらえると確信していた。

「確かに食事としてはシンプルですが、こうすれば……豪華になりますよ」

カナンは、マギーのお粥の上におかずを載せてあげた。

おかずは四種類あった。レンコンと肉をニンニク味噌で炒めた物、ホウレンソウのおひたし、ショウガの千切りと梅干を和えた物、きんぴらごぼうの四つである。

「付け合わせと一緒に食べれば、飽きも来ないんです。最初はお粥だけで食べても良いかもしれません。これ自体にも味は付いていますから。はい、ショーン様もどうぞ」

カナンはそう言うと、ショーンのお粥にもおかずを載せてあげた。

マギーとショーンはそれぞれ受け取ると、スージーとトリスの顔を見る。早く食べたいのだ。

スージーは苦笑いを浮かべ、食べるように促す。

「じゃあ、いただきましょう」

「「いただきます！」」

マギーとショーンは混ぜずに、お粥だけを口に入れた。

そして、目を見開く。

「おいしい！」

「すごい！　濃い味はしないけど、おいしい味がちゃんとします」

お粥は、生米（なまごめ）の状態から和風出汁でしっかりと炊（た）いてあるのだ。塩はほとんど入れてないが、出汁が濃いためしっかりと味が出ている。

続いて二人は載せられた付け合わせを混ぜて口へ運ぶ。

今度は、まったく違う味が楽しめた。

「おいひー」

「すごくおいしいです！」

二人の幸せそうな顔を見て、二日酔いのスージーとトリスも喉を鳴らす。

「ね、ねえ、カナンさん。私達も……」

そう言うスージーに、カナンはおすすめの付け合わせを教える。

「タクマさんが言うには、お酒を飲んだ後はすっきりした物が良いとの事ですから、これですかね。梅干しというタクマさん達の故郷のおかずだそうです。それにショウガを刻んで和えた物です」

カナンは、王妃二人のお椀に梅ショウガを載せてあげた。

王妃二人は、まずはお粥だけを口入れた。

すると優しい出汁の香りがし、口の中にシンプルな米の甘さが広がった。

「安心する味ね……」

「そうね、体に染み渡っていく感じがする……」

続いて、付け合わせの梅ショウガを混ぜて口に運ぶ。

「！　酸っぱい！　だけど……なんだかすごく食欲をそそるわ」

「この酸っぱいのとショウガの刺激がとても良いわね。食が進むというか……」

二人は二日酔いだったのも忘れて、次々にお粥を口の中へと運んでいった。

結局、四人は朝からお腹いっぱいになるまで、お粥を食べたのだった。

「「「「美味しかった……」」」」

食事を終えた四人がとても幸せそうな表情で、紅茶を飲んでいる。スージーとトリスの顔色は心なしか良くなっていた。

「あら？　食事が終わったら体調が……」

「気持ち悪いのも楽になってるわ」

スージーとトリスが、カナンの顔を見る。

カナンが笑みを浮かべて告げる。

「私もタクマさんから聞いたのですが、二日酔いには水分と糖分、そして塩分を摂ると良いそうです。そして、先ほど食べたお粥にはその全てが揃っていたんですよ」

タクマは、翌朝の客の体調まで予想し、この朝食を用意していたようだ。

「完全に治るというものではないですが、楽にはなっていくそうです」

カナンが言うように、実際に楽になった二人は、チェックアウトの時間までゆっくりする事にした。

一方、マギーとショーンは帰る時間になるまで、思う存分部屋で遊び倒すのだった。

4　ザイン一家の休暇

時間をさかのぼり、ザイン一家の方はというと——

アンリが慣れない様子で、ザイン一家を接客している。

なおアンリには、以前ザインのもとで従者をしていたという従業員が付き、二人体制になっていた。アンリに経験がないという事もあるが、色んな接客体制を試したいという理由もあった。

ザインは、客室まで案内するアンリに話しかける。

「アンリさんだったかな？　ちょっと聞いても良いか？」

「は、はい！　なんでございま……きゃっ！」

急に話しかけられたアンリは、緊張のあまり転倒してしまう。

従業員がアンリを起こそうとしたが、ザインはあえてそれを止めた。

ここは練習の場なのだ。なんでも助けてあげては身にならない。そう考えたザインは、転んでいるアンリに近寄り、自ら手を差し出して口を開く。

「そんなに緊張していては、上手くいくものも失敗してまうぞ」

優しい笑みを浮かべて、アンリの手を取って立たせるザイン。

アンリはさらに緊張して声を震わせた。

「も、申し訳ありません……」

「ほら、まただ。良いかね？　私達が貴族である事は間違いない。だが、私達は客に過ぎないのだ。君達にとってはどの客も変わるまい。相手が貴族だからといって、余計に緊張する事などまったくないのだ。そこまで身体が硬くなると何もできんだろう。まずは大きく深呼吸だ」

ザインの言葉に従い、アンリは大きく深呼吸を行う。

すると、肩の力が抜けていった。

「良い感じで力が抜けたみたいで良かった。じゃあ案内してもらいながら、質問させてもらおうかな」

ザインはアンリを緊張させないように、努めて優しく話しかけた。

「は、はい！　転んでしまって申し訳ありません。客室へ案内させていただきますね」

アンリは気を取り直して、案内を再開した。

移動しながらザインがアンリに聞いたのは、王妃達の担当が一名だったのに、自分達に二名付いている事に関してだった。

緊張が適度に解けたアンリは、しっかりと受け答えする。

「私は母よりも経験が圧倒的に足りないからです。一緒に付いてもらって、足りないところを手助けしてもらうために二人になりました」

「なるほど。二人とはいえ、経験の足りない者を私に付かせるというのは、誰の意見かな？」

ザインはそう言って、後ろにいた従業員に目を向ける。

その従業員は笑みを浮かべて告げる。

「私どもが進言いたしました。ザイン様ならば、この予行演習の目的をご理解していただけている。不手際があっても、説明すれば分かってもらえると考えたのです」

ザインのもとで働いていた者達は、主の性格を理解していたようだ。

「ふむ……なるほどな。招待されたとはいえ、我々は君達の練習台だ。たっぷりとこの宿を堪能させてもらおう」

ザインはそう言うと、機嫌が良さそうな顔でアンリの後についていった。


「ここが宿泊していただくお部屋となります」

奥から二番目の部屋の前で、アンリはそう言うと立ち止まる。

そして扉を開けて、中へ入るように促した。

「どれ？　どんな部屋なんだろうな……」

ザインはスリッパを脱いで中へ入り、言葉を失った。

部屋の作りはタクマの家の雰囲気に似ていた。もちろんタクマの家の方が広いが、家族が過ごすにはちょうど良い感じである。

ソファーに座ろうとしたザインは、さらに気付く。

「……何故、この窓から海が見えるのだ？」

トーランは山に囲まれており、海を見る事は叶わない。それにもかかわらず目の前の窓には、白い砂浜と海が映し出されていた。

驚きの表情を見せるザインに、アンリは説明する。

「これは、タクマさんの故郷の土地を魔法で再現しているそうです。実際に外に出て、散歩も可能ですよ。ただ、延々と続いているように見えますが、それでは戻ってこられなくなる可能性もあるので、浅瀬の部分に結界が張られているとの事です。よろしければ、後でご家族でお散歩でもいかがですか？」

ザインは深いため息を吐いた。

それから苦笑いを浮かべ、ゆっくりと口を開く。

「魔法で空間を作り出すとは……タクマ殿はどこまで人を驚かせれば気が済むのだろうな。景色を楽しませるためだけに、魔法を駆使するとはな」

ザイン達にとって魔法は、戦いで使用するものである。まれに違う使い道の魔道具もあるが、とても種類は少ない。

「だが、こういった使い方もできなくはないという事だな。魔法で人を喜ばせる。素晴らしいな」

ザインはそう言ってソファーに座って、窓の外の景色を見つめた。

「……お部屋の説明をさせていただこうと思うのですが、よろしいでしょうか」

アンリの言葉で、ザイン一家は揃って部屋を見回る事になった。

まず風呂へやって来た。

アンリの丁寧な説明を聞いた後、ザインは告げる。

「……ふむ、ここで服を脱いで風呂だな。しかも風呂にも空間魔法とは……楽しみにしておこう。で、風呂から出たら壁のボタンか……」

「はい。そのボタンを押していただければ、従業員がやって来ます。それで、この後ご案内するクローゼットにある服に着替えていただき、ゆっくりしていただけたらと思います」

その後ベッドルームに行き、最後にクローゼットにやって来た。

そこには、人数分の寝間着が用意されていた。可愛い柄の甚平を見て、ザインの子供であるシーナとルーナは喜んでいた。

ザインは自分の甚平を確認し、そのまま客室へ戻った。

妻のユーミはクローゼットに残っていた。気になる物が目に入ったのだ。自分の寝間着の下に、もう一枚派手な衣類が用意されていたのだが……

ユーミはアンリに尋ねる。

「あの……私の寝間着の下に何かあるみたいなのですが……」

アンリはどう説明をしたらいいか迷ってしまった。彼女の代わりに従業員が、ユーミに近づいて耳打ちする。

衣類の用途を説明され、ユーミは耳まで赤くして俯いてしまう。浴衣の下に用意されていたのは、男性をその気にさせる肌襦袢（はだじゅばん）という服だと教えられたからだ。

しばらくして落ち着きを取り戻したユーミは口を開く。

「これは私のために？」

「このフロア全室に用意されています。ここだけに用意された物ではありません」

「そう。それにしても刺激的な色ね……」

ユーミの目は、肌襦袢に釘づけになっていた。

従業員が告げる。

「こちらは、私どもが着替えの手伝いに行きますが、着方については後でお教えしますね。浴衣の着方が分かれば、難しい事はありませんし」

ユーミは頭を抱えながら、クローゼットから出てきた。

ザインは、戻ってきたユーミの顔が赤い事に気が付き、言葉を掛ける。

「どうしたのだ？」

「い、いいえ。服があまりに可愛かったので……」

「そうか。珍しい服だからそうもなろう。お前もこの風呂は楽しみだろうから、早速子供達と入ってきたらどうだ？」

ザインはユーミに風呂を勧めた。

「そうですね。じゃあ、お先に入らせていただきますね」

「ああ。ゆっくり入ると良い」

ユーミは子供達を連れて風呂へと移動する。アンリはユーミについていった。

もう一人の従業員と二人だけになったザインは、ため息を吐いて尋ねる。

「……皆、生き生きと仕事をしているようだな。どうだ、タクマ殿は？　なかなかの御仁であろう？」

「そうですね。全てにおいて規格外としか言いようがありません。それにもかかわらず、私達に仕事を任せてくださるので、全員やる気に満ちております」

「そうか。では、紹介した事は正解だったようだ。タクマ殿の力になってくれ。来たばかりだが、この宿は絶対に流行るだろう。忙しくなると思うが頑張れ」

ザインは、自分が紹介した者達が生き生きと仕事をしているのを見て、満足そうに頷く。そして、妻のユーミの様子について尋ねる。

「ユーミがおかしかったのは何故だ？」

「……ユーミ様の浴衣の下に、もう一着服があったのは気が付きましたか？」

「ああ。ちらっと見たが、とても派手な色の服があったようだが……」

ザインはそれが何かまでは気が付かなかった。従業員がその派手な服の正体を話すと、ザインは納得したように口にする。

「なるほど、夜の生活か……」

「ええ、私はザイン様のもとで働いていましたから、ユーミ様の悩みを知っております。おそらくは……」

従業員が詳しく話そうとすると、ザインはそれを制す。

「分かっているから良い。きっと後継ぎが生まれていない事を気にしているのだろう。そんな事気にする必要はないのだがな。娘二人を産んでくれただけで幸せだと言っているのに……」

「おっしゃる事は分かりますが、ザイン様は貴族です。やはり跡取りがいないとなると、周りが言ってくるのです」

ユーミは男児を産まなかった事で、周りから色々言われていたようだ。彼女はそれをザインには言わずに、ずっと抱え込んでいた。

従業員はこれ以上ユーミが苦しむのを見えていられず、今回の行動に出たとの事だった。

「そうだったのか……」

「ユーミ様はザイン様に心配を掛けたくなくて、黙っていたのです」

事実を知ったザインは心に決める。

「言いたい事は分かった……よし！　私も頑張らねばならんな」

ザインはそう言うと、決心を固めるのだった。

「ああ、旦那様に変に思われてないかしら……」

ユーミは子供達を連れて、脱衣所に来ていた。

そして膝をついて落ち込んでいる。肌襦袢の使用法を聞いた後、ザインの前で挙動不審（きょどうふしん）な行動をしてしまったのだ。

シーナとルーナは母が落ち込んでいるのを見て、首を傾げている。

「おかあさま、どうしたのー？」

「いいこいいこしてあげるー！」

ルーナは首を傾げたまま困っている。シーナは母を励まそうと母の頭を優しく撫でた。

ユーミは笑みを浮かべて言う。

「二人とも心配してくれてありがとう。大丈夫、ちょっと心が乱れただけよ」

子供達の前でいつまでも落ち込んではいけないので、ユーミは顔を上げる。そして風呂に入るための準備を始める。

ユーミは服を脱ぎながら、アンリに話しかける。

「ねえ、アンリさん。私、さっき変だった？」

アンリはルーナとシーナの服を脱がしながら、言いづらそうに答えた。

「そうですね……少し変だったようですね。ただ、ザイン様はそれほど気にしていたようには見えませんでしたね……はい、二人とも両手を上げてー」

「「はーい！」」

アンリは二人の服を脱がすと、脱衣所にある籠に入れた。そしてバスタオルを巻いてやる。

「ふわー、これフワフワー」

「きもちいいねー」

ルーナとシーナはバスタオルの柔らかさにうっとりとした表情をする。

普段使っているタオルよりも柔らかく、いい香りがすると言って喜ぶ子供達。ユーミは服を脱ぎ終わると、身体にバスタオルを巻きつけた。

「本当ね。すごく肌触りが良いわ」

「この宿にある備品は全てタクマさんが用意した物なので、普通に売っている物とは品質が違うんです」

アンリはそう言って風呂場の引き戸を開ける。

「さあ、こちらへ。すごく開放的なお風呂ですが、誰にも見られる事はないのでご安心ください。

あと、ユーミ様だけではお子様のお世話が大変そうなので、私も一緒に浴室に入ってお手伝いをさせていただきますね」

アンリは風呂場に入るように促す。

三人はゆっくりと風呂場へ移動した。


「「「わあ！」」」

同時に声を上げた三人は、目の前に光景に呆然としていた。

眼前に広がっていたのは、リビングから見た景色と同じものだった。日が水平線に沈もうとしていて、周囲はオレンジ色に染まっている。

固まっている三人に、アンリは話しかける。

「さあ、身体を洗いましょう。お風呂に浸かってからゆっくり鑑賞しましょうね」

三人を洗い場に連れていき、身体を洗う手伝いをする。

アンリは子供達の補助をする。三人とも風呂の入り方は分かっているので、全てをやってやる必要はなかった。

「じゃあ、二人も身体を洗いましょうね。この石鹸を泡立てて洗います」

アンリが石鹸を手で擦ると、ルーナとシーナは見よう見真似で石鹸を泡立てていく。

「すごーい！　アワアワー！」

「いいにおいがするー！」

二人は石鹸の泡立つのが面白いようだ。楽しそうに身体を洗う子供達。自分達だけで手が届かないところは、アンリが洗ってあげた。

「ほら。しっかりと洗わないといけませんよ」

アンリはそう言って、お湯できれいに流してやった。

「次は頭を洗いましょうね。私がやらせていただきますね。じゃあ最初はルーナ様から。目を瞑ってくださいね」

アンリがルーナを洗おうとすると、手早く身体を洗い終わったユーミがシーナの頭をやってくれる事になった。

アンリはシャンプーを手に取って、優しく泡立てて洗い始める。爪を立てないように気を付け、指の腹で頭皮をマッサージしながら洗っていく。

「頭の皮膚はデリケートなので指の腹を使って……そして髪の毛は挟むようにして洗う……」

覚えた洗い方を呟きながら、優しく洗っていくアンリ。

髪を洗い終わると、一旦泡を流す。そして仕上げにトリートメントを手に取り、髪の毛を挟み込んで浸透させていく。髪全体に塗り、しばらく放置してからしっかりと洗い流す。

ルーナもシーナも大人しく洗わせてくれたので、時間を掛けずに済ます事ができた。

全て洗い終わると、アンリは三人を待たせて脱衣所へ移動する。そして大きなタオルを持って戻ってきた。

「これで髪を包みましょうね」

アンリは真新しいタオルで三人の頭を包んであげ、風呂に浸かるように促した。ユーミ、シーナ、ルーナは浴槽に浸かり、それぞれ深く息を吐いた。

「はあ……気持ちいい……」

「ふわー、すごい、いいにおい……」

「きもちいいねー」

しばらくして、シーナとルーナは広い浴槽を泳いで遊び出した。

ユーミが浴槽の傍で控えていたアンリに近づき、声を潜めて話しかける。

「ねえ、ちょっと聞いても良いかしら……」

「はい。なんでしょうか？」

「……女性が男性を誘うのってどう思う？」

「えっと……私自身は経験がないので、聞いた話でも良いでしょうか？」

アンリがそう言うと、ユーミは頷く。

「夕夏さん……商会長の婚約者の女性なんですけど、その方が言うには、人には本能というものがあり、男女ともに子孫を残す欲求があるそうなんです。なので、女性が誘うのが駄目というのは違うと言っていました。男性に欲求があるように、女性にだってあるんです。だから、子供が欲しいと女性が言うのは自然な事なんだと」

「本能……」

アンリの言葉を聞いたユーミは黙り込んでしまう。

それから、子供達のはしゃぐ声をバックにユーミはしばらく考え込んでいたが、パッと顔を上げる。

「悩んでも仕方ないわね。せっかく素晴らしい宿にいるんですもの。私から動いても良いわよね！」

拳を握りながら立ち上がるユーミ。

そんな彼女に、子供達は空気を読まずに声を掛ける。

「「あつーい！　もうでるー！」」

風呂から出た三人は、身体を拭き終えると着付けを始めた。

子供達は初めて着る甚平に、嬉しそうにしている。ユーミは今晩の事を考え、少しだけ緊張していた。

「ユーミ様、今から緊張していますと身体が持ちませんよ。少し肩の力を抜きましょう」

着付けを担当していた従業員はユーミに笑いかける。この従業員はザインのもとでユーミに付いていた者だったので、ユーミも気が楽そうだった。

「ええ、だけど私からお誘いするなんてした事ないから……」

弱気なユーミに、従業員は優しく言う。

「大丈夫です。ユーミ様はあの肌襦袢を着てベッドで待っていればいいのです。ただ、一つだけやってほしい事があります……」

そうして従業員は寝室にある、とある仕掛けをユーミに教えた。

「え？　それだけで？」

「はい。肌襦袢を着て、今言った事をすれば自然とザイン様は理解するかと。普段と違う場所、雰囲気、そしてユーミ様の妖艶な姿を見れば、ザイン様がリードしてくれるはずです。ですから、それまで力を抜いていればいいのです」

従業員はユーミにもう一つ伝える。

「あと、ルーナ様とシーナ様は私どもにお任せください。責任を持ってお世話をさせていただきますので。それと、寝室は扉を閉めると遮音魔法が施されます。周りを気にする事はありません」

こうしてユーミは従業員の手を借りて、夜のための準備を整えていった。


ユーミがレクチャーを受けている頃。

アンリは、着替えを終えたルーナとシーナを連れてリビングに戻ってきていた。ルーナとシーナが、甚平姿をザインに見せる。

「おとうさま！　みて！」

「かわいいでしょー」

ザインは二人を見て、ニッコリと笑う。

「おお！　とても可愛らしいな！　二人とも気に入ったのか？」

「「うん!!」」

ザインは娘達の頭を優しく撫で、口を開く。

「私がお風呂に入った後は食事だそうだ。そして食べ終わった後は、探検させてもらえるらしい」

「「たんけん？」」

「そうだ。この宿を色々案内してくれるそうなんだ。私とユーミは疲れてしまったから、私達の代わりに、探検してきてくれるか？」

ルーナとシーナは嬉しそうに答える。

「うん！　わたしたちがちゃんとみてくるね！」

「かえってきたらおしえてあげる！」

ザインと娘達が話していると、ユーミが戻ってきた。浴衣姿のユーミに、ザインが声を掛ける。

「か、変わった服だが、とても似合っているな。すごくきれいだ」

普段ザインは、こういう事を言わない。どうやら無理をして言ってみたらしい。

「え？　……ありがとうございます……嬉しい……」

顔を赤く染めるユーミ。

ザインは照れを隠すように、風呂に向かっていった。

ザインがいなくなったリビングで、ユーミは一人ソファーに深く座る。ルーナとシーナは探検すると言って走り回っていた。

「旦那様がきれいだって……どうしたのから……」

ユーミは、ザインの言葉に困惑していた。

そこへ従業員がやって来て、優しく声を掛ける。

「ユーミ様。大丈夫です。きっと素晴らしい一夜になりますから」

「そう……そうね……初めて尽くしだけど、あなた達が色々やってくれたんだものね。後は、なるようになるしかないわ」

「そうです。今を楽しんでください」

「ありがとう」

ユーミはそう言って、笑みを浮かべるのだった。


ザインは浴室にやって来た。

浴室の引き戸を開けると、目の前には美しい砂浜と海が広がっている。

「……なんという贅沢なんだ。世界中探してもこんな風呂はないだろう」

言葉を失い、しばらく呆然としていた。

その後、彼は身体を洗う事にした。

「おお、この石鹸はすごいな。泡立ちが良く、香りが素晴らしい」

ザインは、泡立てたタオルで身体をゴシゴシと洗った。そのタオルの肌触りが良い事も驚きだった。続いて髪の毛を洗っていく。シャンプーも泡立ちが良く、しっかりと頭の汚れが落ちている感じがした。

最後にトリートメントを使うとさらに驚いた。

「なんだこれは⁉　洗髪後はいつも、髪がゴワゴワになるのにサラサラだ……」

一通り洗い終わったザインは、浴槽に浸かる。

「ふう……絶妙な温度だな。なんとなくお湯が柔らかい感じがするが……それはさておきだ。まさかユーミが周りから責められていたとはな。これは私の責任だ」

風呂を堪能しながら、ザインは妻に苦しい思いをさせていた事を悔いる。

「しかし、子作りまで支援してくれるとは思わなかったな。しかしあの下着……どう使うつもりなんだ」

ザインは、ちらっとしか見ていない派手な下着を思い出す。

そして、この後の雰囲気作りをどうすべきか、頭を悩ませるのだった。

◇　◇　◇

ここで、大きく時をさかのぼる。

今回の演習が始まる前、タクマは従業員達から接客プランについて、あらかじめ聞いていた。

それは、王族には通常の接客を行い、ザイン一家に対しては少し変則的なサービスを行っていくというものだった。

ザインの所にいたという従業員が告げる。

「私達はザイン様のもとで色々と見てきたので、ザイン様とユーミ様が何に困っているか知っております」

彼女はそう言って、どのようなサービスをするかについてさらに説明した。

聞き終えると、タクマは尋ねる。

「なるほど。だがお節介（せっかい）にならないか？　宿がそういった事をするのは越権行為だと思うんだが……」

タクマが懸念を示すも、従業員は引かない。

「お二人が嫌がるようでしたら、通常のサービスに戻します。ですが、私達が屋敷で働いていた時、ユーミ様は悩んでおいでででした。貴族にとって跡取りは重要な問題です。なので、きっかけになればと思いまして」

タクマは深く考え、そして告げる。

「……分かった。お前達が言っていたようにしてみよう。さすがにサービスをガラリと変えるのは容認できないけどな」

従業員達は強く頷く。

「ありがとうございます。基本のサービスをしつつ、状況を見てお節介にならない程度に行動します」

「ああ、じゃあ、俺も何か考えるかな」

タクマがそう口にすると、従業員が尋ねる。

「え？　商会長がするのですか？」

「ああ、ザイン様の知り合いとして、ちょっとした事だけどな」

従業員達がその場を離れ、一人になったタクマは小声で呟く。

「さて、俺の差し入れって事で良いよな」

タクマは従業員達の邪魔にならないように、ホールの片隅でPCを取り出す。そしてPCを開いて異世界商店を起動させると、ある物を検索した。

「薬っぽいやつはちょっとなあ。だったら昔から使われてる食材で……」

[魔力量]　：∞
[カート内]

・特製ハブ酒（ハブ一匹入り）８００㎖　：７万
・ショットグラス　×２　：５０００
・生スッポンのぶつ切り（下味付き）２５０g　：４０００
［合計］　：７万９０００

決済を行い、その場に取り出す。

ハブ酒は、転生前に沖縄を訪れた時に飲んだ事があった。その際彼は血液が沸騰するような高ぶりを経験した。

まずは危険がないか鑑定しておく。


『特製ハブ酒（ハブ一匹入り）』

滋養強壮効果のある酒。ハブが漬けられているだけでなく、数十種類のハーブも漬け込まれている。これを飲めば、大人しいあなたも野獣になれるかも？

用法：ショットグラス一杯を食後に飲む。


（うん。表示内容に思うところがないでもないが、一応問題はないみたいだな）

タクマは紙とペンを取り出し、ザイン宛てにメモを残しておく。

「……これで良いか」

ハブ酒を従業員に預けたタクマは、食堂へ向かった。


「あら？　タクマさんどうしたの？」

タクマを見つけたファリンが不思議そうな顔で尋ねる。

「ザイン様に差し入れしようと思ってな」

タクマは、スッポンをアイテムボックスから取り出した。

ファリンはスッポンを見た事がなく、首を傾げる。

「気になるよな。これは滋養強壮効果がある食材なんだ。なんの肉かといえば、亀だな」

「亀!?　亀を食べるの!?」

驚くファリンに、タクマは平然とそうだと返し、ここで調理させてほしいと頼んだ。

スッポンは揚げる事になった。下処理を済ませた状態で仕入れているので、後は衣をつけて揚げるだけだ。

スッポンの肉に片栗粉をまぶし、油の中に入れる。

油の小気味いい音が周囲に響く。スッポンの肉が浮いてくれば、中まで火が入った証拠だ。菜箸でバットへ上げて油を切る。

でき上がった唐揚げを、ファリンに試食してもらう事にした。

「ほら、食べてみな。普通に美味しいから」

ファリンは恐る恐る口に運ぶ。

「あら？　鶏っぽいのね。それに……臭（くさ）くないし」

「ちゃんと処理されたスッポンは臭くないんだ。唐揚げにすれば、独特の臭みも消えるしな」

タクマは唐揚げを皿に盛り、でき立てのまま保存できる魔道具に仕舞っておくのだった――

風呂から上がって下着を着たザインは、壁に備え付けられた魔石に触れた。

すると、すぐにミカが現れた。

「お待たせしました。着付けを担当させていただきますミカと申します。よろしくお願いします」

「うむ。よろしく頼む」

ミカは、ザインに甚平を着せていく。

「これは面白い布だ。柔らかいし、涼しいな」

「入浴後は汗をかきやすいですからね。これくらいがちょど良いかと思います。さ、袖を通してください」

「シンプルな服なのだな。一回教われば自分でも着る事ができる」

着付けを済ませた後、ザインはリビングへ戻っていく。

「あー！　わたしたちといっしょ！」

「おそろいだねー！」

ザインの甚平姿を見たルーナとシーナは、満面の笑みでザインに抱き着く。

「おっと。柄は違うがお揃いだな。どうだ？　似合ってるかな？」

ザインがそう問うと、ルーナとシーナは嬉しそうな顔で答える。

「「うん！　かっこいい！」」

双子独特のユニゾンがリビングに響く。

「そうか、そうか。ありがとう」

ザインはルーナとシーナの頭を撫でると、ソファーに座るユーミの隣に腰を下ろす。

普段あまりベタベタする事はないのだが、ザインはあえてユーミの近くに座った。ユーミは顔をうっすらと赤くする。

「ん？　たまには良かろう？」

ザインはそう言って、ユーミにチラリと視線を送る。

ユーミが口を開く。

「はい……そうですね。たまには良いですよね……」

子供達も、両親の様子がいつもと少し違う事に気が付いたようだ。

「おとうさまとおかあさま、なかよし？」

「わたしたちもー！」

ルーナとシーナはそう口にすると、両親に飛びついた。

ザインがルーナを抱き上げると、ユーミはシーナを抱き上げた。

そんなふうにしてスキンシップを続けるザイン一家を、アンリと従業員は優しい眼差しで見ているのだった。


食事の時間になった。

一旦下がった従業員達の代わりに、ミカが配膳を担当する。

大きなカートで運ばれてきた食事に、子供達は興味津々である。料理を並べ終えると、ミカが口を開く。

「通常メニューに加えて、商会長であるタクマ・サトウからの差し入れがございます。こちらの唐揚げです」

ザインはただの差し入れではないと気付いて尋ねる。

「ほほう、タクマ殿が。ちなみに、なんという食材を使っているのだ？」

「スッポンという亀の一種です。しっかり下処理がされており、鶏肉のような味わいになっております」

「ほう。亀とは珍しい物を食べるのだな。まあ、タクマ殿が用意してくれたのだ。喜んでいただくとしよう」

「商会長の差し入れはこれだけではありません。それは、食後にお持ちします」

そう言って、ミカは配膳を終わらせた。

早速食事が始まり、皆とても幸せそうな顔で料理を堪能する。ザインはタクマが用意したというスッポンの唐揚げに目を向ける。

「どれも素晴らしい料理だな。さて、タクマ殿の用意してくれた唐揚げというのはどうなのだろうか」

唐揚げをフォークで刺して、自分の口へ運んでいく。

サクッとした食感とともに、スッポンの肉の味わいが口の中に広がっていく。先ほどミカが言っていたように鶏肉のような味だった。

「肉にあらかじめ味が付いていて美味い」

その後、ザインはユーミにも食べるように勧めた。

ルーナとシーナも食べたがったが、これはミカが止めた。その代わりに二人には、オレンジジュースで作ったゼリーが用意された。

「このプルプルしたのおいしー!」

「あまくてすっぱーい！」

ルーナとシーナはスッポンが食べられずムクレてしまったが、すぐに機嫌を直した。


食事を終えてザイン一家が休んでいると、アンリが戻ってくる。

アンリがルーナとシーナに尋ねる。

「お食事はいかがでしたか？」

「「おいしかったー！」」

「それは良かったです。それではそろそろ探検に行きましょうか？」

アンリはそう言って二人を促す。ルーナとシーナは元気に立ち上がると、アンリの手を引いて早く行こうと急かした。

「ザイン様。それではお子様をお預かりしますね」

「うむ。大変だろうが、頼む」

アンリは子供達に手を引かれながら、部屋を出ていった。

ザインはユーミに声を掛ける。

「子供達は行ったか。ユーミ、食事を終えてどうだ？　何か変わったところはあるか？」

ザインは唐揚げを食べてから、身体に違和感があった。身体が火照るように熱いのだ。

ユーミは顔を赤らめて答える。

「そうですね。いつもより身体がポカポカとしている感じはします。嫌な感覚ではないですけど……」

「そうか……聞いても良いかな？　ミカさん」

話を振られたミカは一枚の紙を取り出す。

「その辺の事に関しては、商会長から手紙を預かっております。こちらをご確認いただけますか？」

手紙を受け取ったザインは、すぐに読んだ。

ザイン様

従業員から話は聞きました。従業員はお二人のために何かをしたいと言ったのですが、彼らはサービスを変える事ができません。それをしてしまうと、他のお客様の不公平になるためです。なので、ザイン様と交流のある俺が「知り合いとして」差し入れを用意させていただきました。

スッポンは俺達の故郷で滋養強壮効果のある食材として昔から食べられてきた物です。体温が上がった感覚があるでしょう？

そして、この後もう一つの差し入れを用意しておりますので、そちらも試していただけたらと思います。

商会長　タクマ・サトウ

「なるほど。そういう事か……ユーミ、読んでみると良い」

「そうですか。皆さん気遣ってくれたのですね」

手紙を読んだユーミは、意外と冷静だった。むしろ覚悟を決めたと言うべきか、晴れやかな顔をしている。

「まあ、その、なんだ……タクマ殿のくれた酒でも飲んでみようか」

タクマが用意したハブ酒は、中のハブが見えないようにしてあった。なお、二人が飲む分はすでにグラスに出してある。

ザインとユーミはグラスを手に取ると、覚悟を決めて一気に呷（あお）った。

「これは……相当酒精（しゅせい）が高いな。それに複雑な味がする……ユーミ。君は大丈夫か？」

「ケ、ケホッ……強くて驚きましたが、大丈夫です」

ザインとユーミはグラスを置いて一息吐こうとしたのだが、すぐに身体が熱くなってきた。血液が暴れているような感じだ。

いても立ってもいられなくなった二人は、身体を落ち着かせるために散歩に出る事にした。

リビングからテラスへ出ると、目の前には真っ白な砂浜が広がっていた。テラスには、履物が用意されている。

それを履き、ザインはユーミをエスコートして歩き出す。

真っ白な砂浜に真っ青な海、そして太陽は水平線に沈もうとして辺りをオレンジ色に染めている。

その中を波の音を聞きながら歩く二人。

「そういえば、結婚してから、こうして二人で歩く事さえなかったな」

「そうですね……」

ザインはユーミの歩みに合わせてゆっくりと歩く。

そして静かに語り出した。

「私は、君とルーナとシーナがいれば、それだけで良いと考えていたのだ。だが、その考えが君を追い詰めていた事に気付いた。他の者から言われて気付くとは……情けない話だ」

ユーミが首を横に振って言う。

「そんな事はないです。あなたは、私もルーナもシーナもとても大事にしてくれています。後継ぎをという声は常にありました。子供は授かり物なので、気にしないようにしていたのですけど、家の者達は気付いていたのですね……」

ユーミの目には涙が浮かんでいた。それは大きな重圧と戦ってきた証だった。

ザインは歩みを止め、ユーミを抱き締める。

「あなた!? どうし……」

驚きのあまり固まるユーミ。だが、ザインが自分を気遣ってくれている事が分かり、身を委ねていく。ザインは告げる。

「そんな仕打ちを受けるのは終わりにしよう。せっかくあの者達がお膳立てをしてくれたのだ。それに報いるためにも頑張らねばな。君を苦しみから解き放たねば」

苦しいくらいに抱き締められ、ユーミはザインの決心を感じた。

「はい。ありがとうございます……」

お互いの気持ちが同じ方向を向いていると確認し合った二人は、その後も散策を続けた。


一時間ほどして、二人はリビングに戻った。

だが、二人の身体の火照りは治まるどころか、燃え上がるようだった。

リビングには、すでに二人の愛娘が戻ってきていた。一日中興奮していたせいだろう、すでにウトウトしている。

従業員が、ザインとユーミに声を掛ける。

「おかえりなさいませ。海はいかがでしたか?」

「うむ。最高の景色だった。だがな……その……」

ザインは妙に落ち着かず、口ごもってしまう。

従業員とアンリは、タクマからこうなるだろうと言われていたため、早速行動に移す。

ルーナとシーナはアンリが抱き上げて、別の寝室へ連れていく。すっかり仲良くなったアンリがいる事で、二人は親がいなくとも寝てくれそうだった。

ユーミとザインに、従業員が声を掛ける。

「では、ユーミ様はこちらへ。ザイン様は後ほど、寝室へお入りください」

「う、うむ……」


ユーミが連れてこられた寝室のベッドには、すでに肌襦袢が用意されていた。従業員はユーミの浴衣を脱がせ、肌襦袢を着せていく。

「やっぱり派手ですね……喜んでくれるかしら……」

不安そうなユーミに、従業員は優しく語りかける。

「きっと喜んでくれます。頑張ってくださいね。ザイン様も覚悟ができているご様子。仕掛けを作動させるように先ほど言いましたが、私が動かしましょう」

従業員はそう言って、枕元に設置された明かりに手を横に滑らせるように触れた。すると、部屋を白く照らしていた照明が、ロウソクの火のように揺らめくオレンジ色に変わった。

ユーミが声を上げる。

「きれい……ムードがあるわ」

「ええ。これで準備は終わりです。どうぞごゆっくりお過ごしくださいませ」

従業員が、静かに寝室から出ていく。

「準備が終わったようだな……」

従業員の出てきたのを確認したザインは、寝室へ行こうとする。

だが、従業員は待つように言う。

「ザイン様。一応準備は整いましたが、まだ早すぎます。ユーミ様の心の準備ができるまで、少し間を取りましょう」

「そうだな。焦っても仕方ない。まったく……身体が熱いおかげでせっかちになっているようだ」

ザインはそう口にし、落ち着くように自分を言い聞かせる。

十分後。どうにか落ち着けたザインは、立ち上がって寝室へ向かう。従業員は深くお辞儀をしてザインを送り出した。

その後、寝室の扉は朝まで開く事はなかった。

◇◇◇

翌朝。アンリと従業員は早めにザイン達の部屋に来ていた。きっとザインとユーミは、朝に起きられないと考えたのだ。

アンリ達が部屋に入ると、ルーナとシーナがちょうど起きたところだった。

「ルーナ様、シーナ様。おはようございます。良く寝れましたか？」

「おはよー！　フカフカのベッドがきもちよかったの！」

「おうちのベッドよりもきもちよかったー」

ルーナとシーナは辺りを見回す。自分達よりも両親が遅く起きるという事は滅多にないため、二人は戸惑っていた。

従業員が二人の目線に合わせて話しかける。

「ザイン様とユーミ様は起きるのが遅くなるそうです。昨日はお二人とも、遅くまでお話しなさってましたから」

「そうなんだー。おとうさまとおかあさまは、なかよしねー」

「なかよしなのは、いいことなの！」


その後、子供達だけで朝食を食べる事になった。

ミカがナイスタイミングで、食事を持ってきた。ルーナとシーナの前に、お粥と付け合わせのおかずが置かれる。

お粥を見た二人は、首を傾げた。

「これが、あさごはん？」

「ぎゅうにゅう？」

シーナは、真っ白な見た目から牛乳を使っているのではないかと予想した。

ミカは優しい笑みを浮かべて話しかける。

「ふふふ。これはお粥という料理ですよ。お魚やお肉の美味しいエキスが出たスープで、お米という穀物をゆっくりと煮た物なのです」

「おこめ？　きのうたべた白いのだ！」

「あれを煮たのー？」

二人は、昨日の夕食で出た白米を覚えていた。

ただし、今回は少し違う見た目になっている。

「お米は色々な姿を見せてくれるんです。真っ白で味がないように見えますけど、美味しいんですよ。さあ、熱いですから、フーフーして食べてくださいね」

ミカは、お粥の入った器に、付け合わせのおかずを載せてあげた。

「「いただきまーす！」」

お腹の空いていたルーナとシーナは早速食べ始める。お粥を混ぜてスプーンで掬い、しっかりと冷ましてから口へ入れた。

「はふっ！　……おいふぃ……」

「あついけど、おいしいねぇ！」

出汁を利かせたお粥に、少し味の濃いおかずを載せており、しっかりとした旨味が口の中に広がる。

二人は夢中になって食べて進め、あっという間に平らげてしまった。

食後、アンリはルーナとシーナに散歩するのを提案した。昨日は室内を探検したが、外には出ていなかったのだ。

だが、二人は別の案を言う。

「あのね。わたしたち、おふろがいいな。あのいいかおりのせっけん、使いたい！」

「ひろいおふろ、すきなの！」

二人はすっかり温泉の虜になったようだ。

アンリは笑みを浮かべて頷く。

「分かりました。ではお風呂に行きましょう。着てこられた服の洗濯も終っていますから、お風呂から出たら着替えちゃいましょうね」

アンリとルーナとシーナは、三人で脱衣所へ向かっていく。他の従業員は、ザインとユーミが起きてきた時のためにリビングで待機する事になった。

脱衣所に着くと、ルーナとシーナは早速甚平を脱いだ。そして備え付けのタオルを手に、アンリと一緒に風呂場へ入る。

「それでは洗いましょうね」

アンリは、ルーナとシーナの身体を隅々まできれいにしてあげた。二人はご満悦で洗われていた。

洗い終えると、風呂に浸かる。

「ふあー、きもちいいねー」

「海がきのうとちがって、まっさおー」

ルーナとシーナは風呂を楽しみつつ、目の前の景色を堪能していた。

身体を温め、風呂から上がる二人。

脱衣所に戻ると、昨日着てきた服が籠にきれいに仕舞われた状態で棚に置かれていた。アンリがルーナとシーナの前にその籠を置くと、二人は自分で着替えた。

ルーナとシーナがリビングに戻ってくると、ちょうどザインが目を覚ましたところだった。

寝室の引き戸が開き、少し疲れた表情でザインが現れる。

「あ、おとうさま！　おはようございます！」

「おとうさまー！　おはようございます！」

二人は満面の笑みで挨拶をする。

ザインも優しい笑みを浮かべて挨拶を返す。

「二人ともおはよう。ちょっと寝坊をしてしまったよ。ユーミはもう少し寝かせてあげような」

「「はーい！」」

ザインの様子を見た従業員が言う。

「ザイン様。朝風呂などはいかがでしょうか？　お着替えも準備できてますので」

「朝から風呂か……とんでもない贅沢だな。だが、お言葉に甘えよう。さっぱりとしたいしな」

従業員の提案に、ザインは頷いて温泉へ向かうのだった。


ユーミはようやく目を覚ました。少し怠い身体を起こすと、身体の奥に熱を感じた。そして確信を抱く。

自分は男児を授かるだろうと。

子作りに絶対はないと分かっていたが、大丈夫だと本能が訴えていた。

「何故かしら。でもきっとそうなる気がする……」

しばらくして、ルーナとシーナとアンリの声が聞こえてくる。

「おかあさまは、まだ起きないのかなー？」

「おねぼうさんだねー」

「きっと遅くまでザイン様と話していたのでしょう。そろそろ起きないとお腹が空いてしまうでしょうから、見に行ってきますね」

アンリはルーナとシーナを従業員に頼むと、寝室へ向かった。

「ユーミ様。おはようございます」

「あ、おはようございます」

「よろしければ、お着替えを手伝わせていただこうかと思ったのですが……」

アンリがそう言うと、ユーミは告げる。

「お願いします。それと、湯浴(ゆあ)みはできますか？」

アンリはユーミの後ろに回り、着替えを手伝いながら言う。

「大丈夫ですよ。お風呂は、常に入れる状態にあります。今はザイン様が入っておられますが、もうそろそろ出るのではないでしょうか」

ユーミは、「どんな貴族も、そんな贅沢な暮らしはしてない」と言って、とても驚いていた。

アンリは作業を続けつつ告げる。

「……確かにそうですよね。私もすごく贅沢だなって思ったんですけど、どうやらタクマさんは、それを当たり前に考えているみたいなんです。お客様が入りたい時に入れるようにと言ってましたから……完成です。じゃあ、お子様もお待ちですから、どうぞリビングへ」


「おかあーさま！　おはよーございます！」

「おはよーございます。おねぼうさんだねー」

「おはよう。よく眠れた？」

リビングにやって来たユーミはそう尋ね、二人の頭を撫でる。

「うん！　ベッドがきもちよかったのー」

「いっぱいねたよー！」

「そう。良かったわね。朝ご飯は食べた？」

ユーミの問いに、ルーナとシーナは先に食べたと答えた。

ユーミはホッと胸を撫で下ろす。自分が寝過ごしていた事で、二人がお腹を空かせては可哀そうだと思ったからだ。

しばらくしてザインが、リビングに戻ってくる。

「ユーミ。もう起きたのか？　もう少しゆっくりでも良かったのだぞ？」

「大丈夫です。しっかりと休ませていただきました。それに、今はとても晴れ晴れとした気分ですから」

ユーミは満面の笑みで答える。

アンリがユーミに声を掛ける。

「ユーミ様。浴室へどうぞ。入浴後はお着替えの準備ができておりますので、お召し物を着替えてくださいね」

「ありがとう。あなた、私もお風呂に入ってきますね」

風呂に向かったユーミの後ろ姿を見送りながら、ザインは首を傾げる。

（はて……ユーミはなんであんなに清々(すがすが)しい表情をしているのだ？　まるで、子を生(な)したと確信しているかのように……）

◇　◇　◇

神界（しんかい）では、ヴェルドが嬉しそうな顔で宿の様子を見ていた。

「よしよし……良いですねぇ。タクマさんの宿の初めてのお客様です。是非とも幸せになってもらいたいですし、あれくらいなら大丈夫でしょう」

怪しげな事を呟くヴェルドに、後ろから声を掛ける者がいた。

「何が大丈夫なのです？」

「ひょあ！　き、鬼子母神（きしもじん）様！　な、なんでもないです」

ヴェルドに、鬼子母神はため息を吐く。

「まったく……そんな焦っていては何かしたのが見え見えです……で？　何をしたのでしょうか？あまりタクマ殿を困らせてはなりませんよ」

鬼子母神はヴェルドの残念さを知っているので、迷惑を掛けないようにと言い含める。

「そんな事はしません！　ただ、タクマさんの知り合いの奥さんが子作りで悩んでいたので……」

「なるほど。生命を宿しやすいように祝福を与えたと……ですが、大丈夫なのですか？　それによって面倒事などは起きませんか？」

鬼子母神がそう問うと、ヴェルドは慌てて答える。

「大丈夫です！　祝福はほんの少しだけですから。普通の鑑定では、絶対に出ないようにしましたし！」

「そうですか。それにしてもタクマさんは思いきりましたね。まさかヴェルドミールで和風旅館とは……故郷を大事にしてくれて嬉しいですね」

鬼子母神は、遠い目をして呟くのだった。

5　チェックアウトと祝福

チェックアウト当日。

タクマは朝早くから宿へ来て、従業員達と打ち合わせをしていた。

昨日の報告書を見ながら、商業ギルドのギルドマスターであるプロックとともに今後の変更点などを話し合っている。

そんな時、タクマは宿に僅かな異変を感じた。

（なんだ？　今、宿を包み込むように、あの方達の気配が……）

タクマは話すのをやめて、ホールを見回す。

そこへ、ナビゲーションシステムのナビが話しかけてくる。

（マスター。どうやらヴェルド様が何かしたようです。ただ、そんなに強い仕掛けをしたわけではないようです）

（ヴェルド様は何をしたんだ？　それに、ヴェルド様のものに交じって、他の神の気配を強く感じる）

タクマはヴェルドの陰に、日本の神の気配を感じたのだ。ヴェルドミールには関与できないと聞いていたが、どういう事なのかと首を傾げる。

いきなり話を止めたタクマに、プロックが声を掛ける。

「商会長。どうしたのじゃ？　まだ話は終わっとらんぞ？」

「いや……なんでもない。ただちょっと宿に異変を感じてな。悪いものではないんだが、いきなりの変化で驚いたんだ」

そう言ってタクマは話を続けつつ、その一方で思考を巡らせた。

（とりあえずチェックアウトが終わったら、すぐにヴェルド様に確認だ）

するとナビが反応する。

（アイテムボックスに干渉あり。おそらくヴェルド様からの手紙かと思われます。来るほどの用事ではない、という事でしょうか）

タクマはそのまま打ち合わせを続けて、各自の報告を聞き終わらせた。そして、プロックに後を任せると、ホールの片隅でアイテムボックスに入れられていた手紙を取り出す。

タクマさんへ
わざわざこちらへ来るほどの事ではないので、手紙で報告しますね。

タクマさんの宿に、鬼子母神様の祝福が与えられました。

通常、他の世界の神がヴェルドミールに関与する事はできないのですが、タクマさん、夕夏さん、そしてリュウイチさん、ミカさん、タイヨウ君という日本の方々のおかげで、日本の神の力であれば、私の力を混ぜて祝福できるようになったのです。

鬼子母神様が与えた祝福は、タクマさんの宿に泊まったカップルが子を生したいと願った時には、子を授かりやすくするというものです。

それと、宿に泊まった人達には多少運が良くなるといった恩恵も付きます。

そこまで強い祝福ではありませんが、これからタクマさんの宿が栄えるきっかけにもなるでしょう。

あ！　ちなみにですが、ユーミという女性には私の祝福も与えたので、確実に子を生す事ができると思いますよ。

男の子が生まれるかは保証できませんが……

ヴェルドより

「まったく……手を出すなとは言わんから、先に言ってほしいな……」

タクマは頭を抱える。だが、二柱が善意でやってくれたと分かっているので、怒る気はなかった。

タクマは苦笑しつつ、気を利かせてくれた二柱に感謝する。

すると、宿泊していた二家族が階段を下りてきた。

タクマは、二組がチェックアウトを終えるまでホールで待つ。彼は最後まで、手助けせずに見守っていた。

タクマの所に、子供達が集まってくる。

「おじちゃん！　すごくたのしかった！」

「僕もとても楽しかったです！」

マギーとショーンは宿泊を楽しんだようだ。

「おじちゃん、はじめてのお泊まり、たのしかったよ」

「たんけんもたのしかった」

ルーナとシーナも喜びを示した。

タクマが子供達の頭を撫でていると、大人達がやって来る。

スージーがタクマに声を掛ける。

「タクマさん。とても素晴らしい宿でした。色んな意味でタクマさんらしい宿になりましたね。

きっと繁盛するでしょう。私達も定期的に使いたいわ」

タクマは笑みを浮かべて答える。

「是非利用してください。ただし、皆さんだからといって無理な時は無理ですから。その辺はご了承ください」

「ええ、分かってるわ。無理を言うつもりはないの。空きがある時に予約させてもらうわ」

続いて、ザインが感謝を示す。

「タクマ殿。招待してくれて本当にありがとう。私は今回の視察でとても大事なものを手に入れたかもしれん」

ザインがユーミを見ると、ユーミは笑みを浮かべた。

タクマが言う。

「良い視察になったようで何よりです。それと後でお話が……」

「……私も聞きたい事があるのだ。ちょうど良い、戻ったら話をしようか」

タクマとザインはともに頷き合うのだった。


その後、二家族を空間跳躍で送るため、まずコラルに連絡する事になった。タクマは遠話のカードを取り出して魔力を流す。

「タクマ殿。頼まれていた謁見の間の使用許可はもらってある」

「ありがとうございます」

タクマはあらかじめ帰りの手配をしていたのだ。コラルとの遠話を終わらせると、カードをアイテムボックスに仕舞う。

「では、送らせていただきます」

招待客である二組を範囲指定し、謁見の間へ跳んだ。

到着すると、すぐに使用人達が中へ入ってくる。そして、スージー達にパミルのもとへ行くように急かした。どうやらパミルは宿の話を早く家族から聞きたいようだ。

スージーがタクマに改めて礼を言う。

「タクマさん。招待してくれてありがとうございます。私達は呼ばれているみたいなので行きますね」

マギーとショーンがタクマの前に来る。

「おじちゃん、お泊まりたのしかった！　ありがと！」

「タクマおじさん。ありがとうございました」

タクマは二人の頭をそっと撫でる。

「楽しんでくれたら良いんだ。家にも遊びにおいで。みんな待ってるから」

王族の四人は、謁見の間を出ていった。

続いて、ユーミとルーナとシーナがタクマに声を掛ける。

「タクマさん。本当にありがとうございました。素晴らしい一日でした。また家族で伺わせていただきますね」

「おじちゃん、たのしかったー！」

「またねー！」

ユーミが頭を下げると、ルーナとシーナは無邪気にタクマに抱き着く。タクマはユーミに頷きを返しつつ、二人を優しく抱き締める。

「そうか。楽しかったなら良かった。うちの子供達ともまた遊んでくれるかい？」

「うん！　またあそびにいくー！」

「わたしもー。おともだちになったの！」

タクマが、是非また来るように告げると、二人は嬉しそうな顔をしてユーミの隣に戻った。

「それではタクマさん。失礼します」

ユーミは二人の娘を連れて去っていった。

「さて、私の執務室で話を聞こう」

最後まで残っていたザインがそう言うと、タクマとザインは執務室に移動した。

タクマにソファーに座るように促してから、ザインは対面に座る。

「まずお礼を言わせてもらおう。タクマ殿、今回の件はありがとう。ユーミの苦労を知る事ができた。色々と便宜を図ってくれた事にも感謝する」

ザインが頭を下げると、タクマは苦笑いを浮かべて首を横に振る。

「いいえ、視察していただいただけで、感謝したいのはこちらの方です。それに便宜を図ったつもりはありません。宿で言われませんでしたか？　追加したメニューや酒は俺の差し入れで、サービスとは違うものだって」

「そうか……そういう事なら、ありがたくこれは頂戴しよう」

ザインはそう言うと、手に持っていたハブ酒を掲げた。持って帰るように、従業員から手渡されていたのだ。

「ええ、是非そうしてください。それは、疲れた時にも良いですから。ただ、あまり一度に飲んでは駄目ですよ。滋養強壮効果は相当強いですから」

ザインは、昨晩の自分の変化を思い出して深く頷いた。

「分かった。肝に銘じておこう。それで……君の話というのはなんだ？　私もなんとなく気付いているんだが……」

ザインはハブ酒の瓶を足元に置いて尋ねた。

「はい。単刀直入に言いますが、ユーミ様にヴェルド様の祝福が与えられたようです。そして、宿にも祝福が与えられているみたいなのです」

それからタクマは、ヴェルドと鬼子母神の祝福について説明した。

ザインは話を聞きながら、驚きを隠せなかった。

ユーミに神の祝福があった事は驚きだったが、タクマの宿についても困惑していた。土地に神が祝福を与えるというのは、聖域（せいいき）になった事を意味するのだ。

その事をザインが指摘すると、タクマは目を丸くして固まる。

「聖域？　俺はただ、軽い祝福だと……」

「いや、神が土地に祝福を与えれば、そこは神聖な地になる。普通なら、神が宿に祝福など与えるはずもない。君はそこまで規格外なのだ」

ザインはさらに告げる。

「まったく……これは国として何かせねばなるまい。他の貴族達が手を出せないように……」

すると、タクマは首を傾げつつ言う。

「でも、ザイン様。そもそも、あの宿に手を出せる人間がいると思いますか？」

「どういう意味だ？　確かに君がいれば、大抵の者は寄せつけんだろう。だが、完全ではあるまい」

ザインの問いに、タクマは平然と答える。

「いえ、俺がいない時でも、宿の防衛機能は安全だと言いきれるんです。それ以前に、悪人が入り込む確率がどれくらいあるのでしょう？」

タクマはそう問うと、どこに宿を建てたのかを考えるようにザインに促した。

「どこに？　それはトーランに決まっているだろう？　何を当たり前の事を……」

「ザイン様は、トーランの拡張計画を見ていないのですか？　コラル様から報告が上がっていると思ったのですが……」

タクマが宿が安全だと言いきるのには理由があった。トーランは、悪人が入らないシステムが完備されているのだ。

それは、コラルが国に報告書を上げているはずだった。

「そういえば、コラル侯爵から概要書が……」

ザインはそう口にして、書類が届いていた事を思い出す。どうやら確認が遅れていたらしい。

慌てて机の上にある書類を探し始めるザイン。

「あった……」

そこにあったのは、凄まじい厚さの書類だった。

トーランの事業報告書兼計画書であるその書類を、ザインは斜め読みしていく。そして、どんどん顔色が変わっていった。

「……コラルと君は何をするつもりなのだ。これではまるで、都市の要塞化ではないか……」

ザインは、すぐに確認しなかった事を後悔した。

これが実行されるのであれば、トーランはこの世界のどの都市よりも強固な防衛力を有し、向けられた悪意をはねのける攻撃力を有する事になる。

「しかも旧都市のダンジョンコアだと？　どこまで出鱈目なのだ」

「確かに要塞化と言われても仕方ないレベルになってはいますが、町の安全を考えての事です。別に国に反旗を翻すつもりもなければ、他国に手を出すつもりもありません」

コラルは書類を確認しながら頭を抱えた。

「……町を守るためか。これから一気に人が流れ込むトーランには必要だと判断したのか……コラル侯爵からは大幅な規模拡大が必要で、タクマ殿の力を借りるとは聞いていたが、これほどとは思わなかった。だが、君が大丈夫と言った理由は分かった」

「だから、宿自体を外から守ってもらう必要はないんです」

ザインは、聖地となったタクマの宿を国が守る必要がないと理解した。

ただ、国として宿にお墨付きを与えさせてほしいと伝えた。そうする事で、さらなる集客が見込める。

「国がお墨付きを与えれば、重要人物も泊まりやすくなる。それがトーランにあれば、町もさらに潤うであろう」

その後、ザインは、「ここだけの話だが……」と言って話題を変える。

「要塞化の件はさておき、トーランが一都市のレベルを超えて発展している事は、我々も知っていたのだ。これは私と王、それと側近数名で話し合ったのだが……」

面倒な話になりそうだったので、タクマは話を切ろうとした。だが、ザインはそのまま話を続ける。

「トーランはその特殊性から、国とは一線を置いた独立領とする予定なのだ」

要は、王国からは切り放した特別な領にしたいらしい。

「それは随分と思いきった計画を……」

タクマがため息交じりに言うと、ザインはさらに話す。

「これしか方法がないのだ。トーランは別物なのだと分けてしまった方がいい。もちろん、パミル王国の都市である事は変わらないが、独立領としてやりたいようにできる。これは国にもトーランにもメリットの大きいのだ」

6　パミル、羨む

場面は変わって、久しぶりに再会した王族一家達――

「あ、おとうさま」

「おかえり。タクマ殿の宿はどうだった?」

仕事を切り上げて戻っていたパミルは、妻と子供達を迎えた。

だが、マギーとショーンはパミルに距離を置いていた。アレルギーが出る服を二人に着せていたという問題は、まだ解決していないのだ。二人が母親の後ろに隠れたままなのを見て、パミルは肩を落とす。

（やはりまだ許してはくれんか……それだけ傷ついたという事だな。これから少しずつ許してもらうしかない）

パミルがそう考えていると、スージーが声を掛ける。

「ただいま戻りました。タクマさんの宿は思った以上に規格外なものでした」

それからスージーは、満面の笑みで宿の事を話した。

その表情はとても柔らかく、息抜きができた事を証明していた。パミルは、設備の話を聞くだけで、タクマの宿のとんでもなさを理解した。

「ううむ……空間魔法を駆使し、風呂とリビングからの景色を作り出しているのか。貴重な魔法を変わった事に使っているのだな」

パミルが感心していると、それまでスージーとトリスの後ろに隠れていたマギーがテンション高く話し始める。

「あのね。おふろに雪がふってたの！　それに木のおふろが！　いいにおいがしたんだよ。せっけんもいいにおいだった！」

パミルはなるべく笑顔で頷く。内心は自分が行けなかったので悔しくて仕方ないのだが、それを子供に見せるわけにはいかないのだ。

スージーとトリスは、パミルに分からないように小声でやり取りする。

「分かりやすいわねぇ……顔に出てるわ」

「ええ。なんで自分だけ、っていうのが出ちゃってる」

スージーとトリスは同時に呟く。

「「まったく……子供なんだから……」」

それからしばらくして、ノックの音が響いた。

「入れ」

パミルはそう言って、すぐに冷静さを取り戻す。

「失礼いたします。マギー様、ショーン様、お勉強の時間でございます」

入ってきたのは、マギーとショーンの教師だった。マギーとショーンは嫌そうな顔でスージーとトリスを見る。

スージーは二人に告げる。

「そんな顔をしても駄目よ。お勉強はあなた達の将来のために必要なの。タクマさんの所の子供達も、すごく勉強しているそうよ。みんなと遊ぶためには頑張らないと。遊びに行けなくなってしまうわよ」

「「はーい……」」

二人は渋々ながら教師の後について部屋を出ていった。

子供達がいなくなるやいなや、パミルはそれまで押し込めていた感情を表に出す。

「なんで我だけが行けんのだ！　……羨ましいぞ！」

スージーは呆れて言う。

「何故って……あなたがいつも勝手な行動をするからでしょう」

「…………」

何も言い返せないパミルに、今度はトリスが告げる。

「そうよ。自業自得じゃない」

「ぐぬぬ……」

正論を浴びせられ、パミルはぐうの音も出ない。そうして彼は、小さな声で言う。

「し、しかし、我も視察をしてみたかったのだ。風呂、食事、景色……正直羨ましい」

自分の妻と子供に嫉妬するパミル。その情けない姿を見て、呆れたスージーは大きな声で叱責する。

「もう！　済んだ事をぐちぐちと情けない！　そんなに行きたいのなら、タクマさんの結婚式の時に泊めてもらえば良いでしょ！」

パミルはハッとして顔を上げる。

「そうか！　その手があったか！　だが泊めてくれるだろうか？」

「あらかじめ部屋を空けておいてもらえば良いじゃない。来る時は前もって言うように言われているわよ」

スージーは一旦そこで区切り、さらに言う。

「ただし、式までに仕事を済ませる事ね。そうじゃないと、式に出られなくなるわよ」

パミルは焦った表情で頷く。

「わ、分かっておる。ちゃんと仕事はする。だから式には出させてくれ」

そう言って頭を下げるパミル。その姿には王の威厳など皆無だった。それからパミルは、妻達からタクマの宿についてさらに聞いた。

一通り聞き終え、彼は呟く。

「そうか。宿は全てにおいて最高か。上がってきた報告書の事もあるし、やはりあの計画を進めるしかないな」

スージーとトリスは意味が分からず、首を傾げるのだった。

7 プレゼント

タクマは引き続き、ザインと話し合っている。

タクマが、トーランが国の庇護から外れるのを心配していると、ザインは答える。

「うむ。確かに、補助金などは出なくなるな。だが、トーランで入った税収は国に払う必要がなくなる。おそらく補助金以上の収入が見込めるのだ。それに……」

ザインはタクマを見て、ニヤリと笑う。

「どちらにしても、君はコラル侯爵を助けるのだろう？」

タクマは、苦笑いを浮かべて口を開く。

「まあ、これまでの付き合いで、俺はコラル様を信頼していますから。あの人が助けを求めてくれば、全力で助けるつもりです。俺が家族を持てたきっかけもトーランにありますし」

タクマにコラルを助けないという選択はない。コラルはすでに自分の家族の一員だと考えているからだ。

「ただ、俺が自重なく手助けをしたら、国はますます大変だと思いますけどね」

そう言ってタクマは笑うと、ザインは慌てて告げる。

「タクマ殿。自重は必要だぞ？　あまりに飛び抜けた開発をしてしまえば、他国に刺激を与える事にもなりかねん。自重を、自重をしてくれ」

「刺激ですか……現状でも手遅れだと思うんですけどね」

「分かっている。この計画書を見ただけでも相当なものだというのは理解できる。だからこそ言うのだ」

タクマはこれまで、トーランのためを思って手を貸してきた。自分の家族達が生活している以上、危険はあってはならないからだ。

タクマがその事を伝えると、ザインは言う。

「家族……それだけ君は家族を守りたいという事か。まあ、言いたい事は分かった。だがもう一度言うが、家族の安全を考えるならば、なおさら自重をするのだ。トーランが目立てば目立つほど、危険は多くなるのだから」

いくらトーランが安全といっても、何が起こるか分からない。ザインは、タクマが自重をする事で、家族を守れると諭した。

「分かりました。肝に銘じておきます」

タクマは、ザインの言葉を真摯（しんし）に受け止めた。

その後、タクマはアイテムボックスから四つの腕輪を取り出した。

「これは？」

ザインがそう問うと、タクマは言う。

「これは湖へ来る時に必要な認証魔道具です。これと転移用の扉を設置すれば、いつでも家（うち）に来る事ができます」

これを渡すという事は、タクマがザインを信頼しているという事に他ならない。タクマの言葉を聞いたザインは嬉しそうに言う。

「……良いのか？　アイテム数からすると、家族全員分あるようだが」

「ええ。もちろんです。娘さん二人は俺の子供達と友達ですし、ユーミ様もこれから色々と大変でしょう。自然の多い所でゆっくりと過ごす事も必要では？　ザイン様も家族とゆっくり過ごすのはいかがでしょうか？　休む事が必要だと、今回の視察では分かったでしょうし」

タクマは純粋な気持ちでアイテムを渡そうとしていた。その事を理解したザインは、ありがたく受け取る。

「ありがとう。喜んでいただかせてもらおう。そうだな。君の言う通りだ。私は仕事に追われすぎたのかもしれん。ここらで定期的に休もうと思う」

これまでザインは国のために、仕事に邁進してきた。だが、家族は父親としてのザインを欲していた。宿に泊まった事でそれを痛感したザインは、これからは家族のために時間を使おうと決心したのだ。

それからしばらく、ザインは何か思いつめたように黙っていた。

「……まあ、この辺で難しい話はやめておこう」

ザインはそう言うと、再び目の前の腕輪に目をやり、タクマにお願いする。

「この腕輪は、タクマ殿から子供達に渡してやってくれないか。その方が喜んでくれる。ユーミには私が渡そう」

「ザイン様からでも良いと思うのですが……」

「それはその通りだが、どうせ私の家にも扉を設置するのだろう？　家にいる子供達に会っていってほしいのだ」

「なるほど、では俺が渡す事にしましょう。とりあえずザイン様のお宅に伺う前に、設置する魔道具を手に入れますね」

そう言ってタクマは、アイテムボックスからノートＰＣを取り出す。そして、異世界商店を起動させ、空間跳躍の扉を購入した。

「済んだようだな。さて行こうか」

ザインはタクマを伴って執務室から出る。

そして馬車に乗って城を出るのだった。


ザインの邸宅は城から五分も掛からない距離にあり、貴族街の一番真ん中に位置している。敷地に入ると、使用人達が馬車を迎えた。

「おかえりなさいませ、ザイン様」

「うむ。今日はお客様をお連れしている。案内を頼むぞ」

ザインはそう言うと、タクマを置いて先に家へ入っていった。

「お客様。ご案内をさせていただきます。こちらへどうぞ」

タクマは、流麗（りゅうれい）なマナーで迎えてくれた使用人に感心しながら、家の中へ案内された。そして玄関から近い部屋へ通される。

　ここは来客があった際に、客を待機させる場所らしい。

「しばらくお待ちください。主がすぐに参りますので」

　タクマがソファーに座ると、使用人が紅茶を出す。しばらく待っていると、着替えを済ませたザインがやって来た。

「待たせたな。では行こう」

　タクマはザインに連れられて、さらに家の奥へ入っていく。通されたのは、応接室である。そこには、ザイン一家全員が揃っていた。

「あ！　タクマおじちゃん！」

「おじちゃんだー！」

　ルーナとシーナはタクマに駆け寄って飛びついた。

「おっと」

　タクマは二人を優しく抱きとめ、頭を撫でる。

「どうしたの？　あそびに来たの？」

「おとうさまと、おはなしするの？」

　ルーナとシーナは首を傾げている。

　そこへ、ザインが答える。

「タクマ殿は二人にプレゼントがあるそうだ。もちろん私ももらっている」

嬉しそうな表情をするルーナとシーナ。

「プレゼント!?」

「わたしたちに？」

今度は、タクマが二人に話しかける。

「ああ、これを二人に渡そうと思ってね。ザイン様とユーミ様にはもう渡してあるからお揃いだよ」

タクマはアイテムボックスから腕輪を取り出して、二人に手渡した。

「うでわー？」

「おそろいー？」

「そう。これをいつも腕に着けるといい。二人を守ってくれるお守り（まも）なんだ。そして、友達になったウチの子達とすぐに会える魔法の道具でもあるんだよ」

タクマはそう言うと、二人の腕に腕輪を装着してあげた。腕輪は二人の魔力を感知して、スッと見えなくなってしまう。

「あ！　きえちゃう！」

「なんでー？」

消えていく腕輪を見て焦るルーナとシーナ。タクマは腰を落として、二人に目線を合わせると笑いかける。

「大丈夫。触ってごらん。ちゃんと腕にあるよ」

言われるがままに自分の腕に触れ、二人は笑みを浮かべた。

タクマは立ち上がって言う。

「次は、友達にすぐに会えるように扉を作らないとね」

アイテムボックスから空間跳躍の扉を取り出すと、ザインに尋ねる。

「ザイン様。どこに置きましょうか？」

ザインは、応接室の真っ白な壁に設置をするように指示した。早速、タクマは言われた通りに扉を設置する。

「さて完成だ。急なお誘いですが、みんなで家に来てみませんか？　今日はザイン様もお休みのようですし」

タクマの提案を、ザインは受ける事にした。

「タクマ殿がお宅へ招待してくれるそうだぞ。みんなで行こうか？」

ザインの言葉に、ルーナとシーナはすごく喜ぶ。ユーミも嬉しそうだ。

「じゃあ、早速行きましょう」

タクマは扉のノブを回して開く。そして、ザインを先頭に躊躇なく扉を潜った。

8　ザインの頼み

自宅に到着すると、タクマの子供達がルーナとシーナを見つけて集まってきた。

「遊びに来てくれたの？」

「うん！　おじちゃんがいつでも来ていいって！」

ルーナがタクマの子供達に返答する。

タクマの子供達はルーナとシーナの手を取って庭へ出ていった。ちなみに、お目付け役はヴァイス達守護獣である。彼らはちょうど、猫のハクの特訓を終えて戻ってきていたのだ。

ザインが子供達を見ながら言う。

「やはり身分を気にしない友達は大事だな。貴族同士ではあのように遊ぶ事はない」

ザインの表情は、普段と違って柔らかい笑顔になっていた。

昨日初めてここに来た時、彼は子供達の生き生きとした表情を目の当たりにした。娘達は今、大自然の中、そのような眩い笑顔で友達と遊んでいる。これこそが子供達に必要な事だと、ザインは感じた。

ザインはタクマに話しかける。

「……タクマ殿。一つ頼みがあるのだが、良いだろうか？」

そうしてザインから打ち明けられた頼みは、この地に別荘を構えたいというものだった。週末は必ずここで過ごしたいらしい。

「先ほど、ここに来る前からずっと考えていたのだが、私の娘達にもその環境を使わせてくれないか？　もちろん、ここでのルールは守る。それに、私にはこれから新たな命が生まれるんだ。その時に、静かなこの環境で子育てしたいのだ」

ザインにそう言われ、タクマが静かに口を開く。

「構いませんよ。俺としても大歓迎です。ただ、注意していただきたい事があります。ここでは全員が対等です。悪い事をすればザイン様の娘さんだとしても叱ります。逆に俺の子供達がやってはいけない事をしたら叱ってあげてください」

タクマの条件はそれだけだった。

それからタクマは、彼の子供達が受けている授業を受けるように勧めた。これは、ルーナとシーナにとってプラスになると考えたからだ。

「ただ遊ばせるだけでなく、勉強もか……ちょっと聞きたいのだが、君は子供達にどうなってほしいと考えているのだ？」

ザインに問われ、タクマは答える。

「俺は子供達の可能性を潰したくないんです。何を目指すとしても知識は必要ですし、体力も大事です。だからこそ頭を鍛え、身体を鍛えているんです」

タクマの子供達の学習レベルを聞くと、すでに加減乗除をマスターしているとの事だった。さらに歴史、社会常識、専門技術なども勉強させていると聞かされる。

「まさかと思ったが、君の子供達はすでに成人レベルの知識を獲得しているのか。だったら、こちらで勉強をするのも一つかもしれん」

ザインが勉強させてほしいと頭を下げると、タクマは快く引き受けた。そして、ザイン一家の別荘を用意するとも約束した。

ザインは改めて礼を言う。

「本当にありがとう。ここのような環境で子育てができるのはとても贅沢な話だ。別荘の料金はどうすればいい？」

「俺は相場を知りません。なので、俺が用意する別荘を見てもらって、適正な金額をいただければそれで良いですよ」

それからタクマは、アイテムボックスからノートPCを取り出し、異世界商店を起動させた。

ザインは、別荘は大きくなくここに住んでいる住人の家と同じで良いと言った。タクマは、外見は皆と同じであるものの、一部屋増やした物を買う事にした。

［魔力量］ ：∞

[カート内]

・3LDK平屋（家具付き）90%オフ　：2000万

[合計]　：2000万

決済し、家をアイテムボックスに送る。

「とりあえず建物を手に入れたので、外に行きましょうか」

そう言ってタクマは、ザインとユーミを連れて表に出た。


家が並ぶ一番端に、移動してきた。

ザインが尋ねる。

「タクマ殿。ここに建てるのか？　家が建つまでに時間が掛かるのでは？」

タクマは笑みを浮かべて、アイテムボックスから家を出す。

「「なっ!?」」

目の前に現れた完成品の家を見て、ザインとユーミは言葉を失う。

タクマは平然と言う。

「まあ、こんな感じで建てる必要ないんです。すでに完成してますからね。俺がやるのはこれだけです」

タクマは自らの魔力を練り上げると、基礎を立ち上げ、そこに家を固定した。

頼んでから数十分で、別荘を用意されてしまった。どのくらいの報酬を用意したら良いか、ザインは判断に困っていた。

一方、タクマはある事に気が付いた。前に用意した物とほぼ同じ建物を買ったつもりなのだが、雰囲気が違うのだ。

ザイン達が固まっているうちに鑑定を行う事にした。


『3LDK平屋（家具付き）』

高い技術によって作られた、純日本家屋。

明かり、水道、風呂、トイレ等、全ての道具類は魔道具化されている。家の中は空間魔法が付与されており、外観以上に広く使える。

各部屋は魔力によって拡大でき、部屋数を増やす事も可能。

母屋と同期して、全ての魔道具が使用できる。


（ここ、ここがおかしいな。今までは空間魔法で部屋を拡大できるだけだったはずだ。それが部屋数まで……）

鑑定結果が微妙に違う箇所を発見し、首を傾げるタクマ。

そこへ、ナビが話しかけてくる。

（おそらくですが、ヴェルド様がグレードアップなさったのかもしれません。部屋自体を増やす事が必要だと思ったのでは？）

さらにナビは進言する。

（マスター。すでに設置してある家もグレードアップしているかもしれません。確認をした方が良いかと思います）

（そうだな。他の家も確認しないと）

気を取り直してザインの方を見ると、ザインとユーミは我に返っていた。

タクマは、先にこの家を母屋であるタクマの家と同期させ、他の家を鑑定する事にした。そしてその間に、ザイン達には内見を済ませてもらおうと考えた。

タクマは遠話のピアスを起動し、アークスを呼ぶ。

アークスはすぐに応答した。

「はい」

「すまんがこっちに来てくれるか？」

タクマの声の雰囲気から、アークスはすぐに事情を察知した。彼はすぐに向かうと言って、遠話を切る。

アークスは二分もしないうちにやって来た。

タクマはザインに声を掛ける。

「ザイン様。ほんの少しだけ離れて良いでしょうか。私の代わりにアークスを付けますので」

「ん？　構わんが……」

「ありがとうございます。アークス、これを」

タクマはアークスに説明書を託して、その場を離れた。

そしてすぐに母屋の前へ移動し、鑑定を行った。

「やっぱり……鑑定結果が変わってる……空間の部分が変更されてる……」

自宅を見上げながら、ヴェルドの真意が何なのかを考えるのだった。

◇　◇　◇

一方、案内をタクマに任されたアークスは、ザインに質問されていた。

「タクマ殿はどこへ行ったのだ？」

「私も聞いておりませんが、すぐに戻るそうです。ザイン様が、家の中をご覧になられている間に戻るかと思いますので……」

そう言ってアークスは扉を開ける。

「この家は母屋と同じで土足禁止でございます。こちらで靴をお脱ぎになって上がってください」

ザインとユーミは靴を脱いで家へ入る。広さはタクマの母屋ほどはないが、それでも十分あった。

アークスが家具の説明をしていると、ザインが声を上げる。

「ま、待て待て待て！　今の話を聞いていると、この家の家具は全て魔道具だという事か!?」

「その通りです。というよりは、この家自体が魔道具なんです。この家全ての家具がタクマ様の魔力によって動きます。なお、ここに立っている全ての家は、母屋からの魔力供給で成り立っています」

別荘の設備は、ザインの予想をはるかに上回る物だった。衝撃のあまりザインはまたも固まってしまう。

アークスは説明書を見ながらさらに機能を説明する。

「あと、この家の最大のアピールポイントですが……」

ザインは動きを再開し、慌てて話を止める。

「待ってくれ。今の話以上にすごい機能があるのか？」

アークスはしばらく黙り込んだ。ザインが落ち着くのを待つ事にしたのだ。待っていると、ザインは決心が固まったようで、俯いた頭を上げる。

「……よし！　覚悟はできた！　話してくれ」

「はい。この家は母屋からの魔力供給によって部屋の拡張……さらには追加までできるみたいです。ザイン様のご家族が成長し、新たな家族が増えた場合には、その機能が使えるという事です」

説明しているアークスも、この機能には驚きを隠せなかった。ただでさえ出鱈目な機能があるのに、部屋数まで増やせるのだ。

「で、出鱈目だ……」

アークスの説明を聞き終えたザインは、消え入りそうな声で呟くのだった。

◇　◇　◇

タクマが呆然と家を見上げていると、夕夏が中から出てくる。

「どうしたの？　何か様子がおかしいけど……」

夕夏は心配そうにタクマの顔を覗く。

「いや、ザイン様の別荘を購入して設置してきたんだが……」

タクマはそう言うと、家がグレードアップしていた事について説明した。

困惑するタクマに対して、夕夏は淡々と言う。

「部屋数が自由になるくらい今さらじゃない？　この前建てた宿だってそうだったし。ヴェルド様はそこまで考えてないと思うのよね。単純に部屋を広くするだけじゃなく、部屋も増えた方が便利だって思っただけだと思うわ」

確かに夕夏の言う通りかもしれない。ヴェルドならばありえる。

タクマはそう思いつつも、今後も家族は増えていくだろうと考えたヴェルドが、異世界商店のグレードアップをしたうえで、すでに設置された建物も強化してくれたのだろうと考えた。

そこへ、タクマの中からナビが実体化する。

「マスター。ヴェルド様からお手紙が届いております」

「手紙？」

タクマはアイテムボックスから、ヴェルドの手紙を取り出す。

そこには夕夏が言った通りの答えがあった。やはりそれほど考えがあったわけではないらしかった。

「なるほどな……まあ、そこに意図があるわけじゃないのは分かった。まあ、確認もいらないようだし、ザイン様の所へ戻るか」

タクマがそう言うと、夕夏が告げる。

「戻る前に確認だけど、今日はみんなで集まって宴会って事で良いのかしら？　多分みんなそのつもりで動いているでしょうし」

タクマの家では、事あるごとに宴会をしている。そのため今回も、ザイン達が来た時点で宴会の準備を進めているという。

「ああ。初めからこっちで食事をと考えて連れてきてるしな」

「じゃあ、みんなにもそう言っておくわ。タクマはザイン様達を連れてきてね。戻る頃には面白いものも見られるでしょうし」

どうやら夕夏には、何か考えがあるようだ。

タクマは準備を夕夏に任せ、ザインの所へ戻っていく。

タクマが到着すると、ザインはユーミとともにアークスと話していた。

「……なるほど。この地はタクマ殿の守護獣が守っているのか」

「はい。ですが、力で強引に支配をしているわけではありません。力ある守護獣が頂点に立って、共存しているのです。むやみに手を出す事もありませんし、あちらから手を出される事もありません」

アークスの説明に感心するザインに、タクマは声を掛ける。

「ザイン様。離席して申し訳ありません。内見はいかがでしたか？」

「タクマ殿。そうだな、規格外というほかあるまい。子供が生まれれば、拡張・増設が可能。全てが魔道具化されているとなれば、世界一贅沢と言っても過言ではないだろう」

満足げにそう言うザインに、タクマは尋ねる。

「まあ、ここで暮らすにはこのくらいしないと不便ですしね。気に入っていただけましたか？」

「これで満足せんのは罰当たりだ。素晴らしい別荘をありがとう」

ザインもユーミも満足そうにしていた。

タクマは二人に告げる。

「この後は、俺の家族達が宴会を準備しているので、是非参加してください。何やらお二人に見せたいものもあるそうですから」

「おお！　是非参加させてもらおう。だが良いのか？」

ザインは、タクマの家族達の触れ合いの時間が減ってしまうのではないかと心配していた。タクマは首を横に振って返答する。

「気を遣わないで大丈夫です。是非参加していってください」

そう言うと、タクマは二人を連れて自宅へ向かった。

9　初めての料理

ザインがタクマの自宅周辺を歩いていると、とても香ばしい匂いが漂ってきた。それはザイン達には嗅ぎ慣れないものだった。

「タクマ殿。この匂いは？　すごく良い匂いがするのだが……」

「多分、肉を醤油で焼いているのでしょう」

タクマは、ザイン達を自宅の中ではなく庭に案内した。そこではタクマの家族達が、ザイン達を歓迎する料理を作っていた。

「ほほう。外で料理を……随分と豪快な食事だ」

そしてザインとユーミの目に、とんでもない光景が映る。

タクマの家族達が食事の準備をする中に、ルーナとシーナの姿があった。それだけでなく、包丁で野菜を切っているのだ。

ユーミは大声を上げる。

「ルーナ！　シーナ！　危ないでしょう⁉　刃物を放しなさい！」

ルーナとシーナは驚いてユーミを見る、だが、二人の隣にいた夕夏は、ルーナとシーナに作業を続けさせた。そしてタクマに視線を送る。

タクマは夕夏の意図を汲み取り、ユーミへ語りかける。

「まず、お子さんにこちらの判断で刃物を持たせた事を謝罪します。ですが、大人が付いてやらせているので危険はないと思います」

さらにタクマは続ける。

「周りを見てください。俺の子供達も刃物を使っていますが、近くには必ず大人が付いています。確かに刃物は危ないですが、小さいうちから使い方を知るのは悪い事ではありません。びっくりはしたでしょうが、これは彼女達が望んだからやらせているんだと思います」

ユーミは、一応落ち着きを取り戻した。周囲を見回すと、確かにタクマの言う通りだったからだ。

子供達は刃物を使っていた。でも近くに大人達がおり、使い方を間違わないようにしている。子供達は刃物を丁寧に使って肉や野菜を切っていた。

「どうやらこれが、お二人へのサプライズみたいですね。ルーナ様もシーナ様も頑張ってお手伝いするところを見せたかったのでしょうね」

タクマは詳しい事を聞いてないので、それっぽい事を二人に話した。

ザインが告げる。

「お手伝いか……貴族がこういった事を経験するのは、大きくなってからだ。だが、小さいうちから経験するのも大事なのだろう。ここではタクマ殿のやり方に従うと言ったのだ。我々も娘を信じて見守ろう」

ザインも心配であったが、真剣な娘達の姿を見て、やらせてみようと思った。二人は刃物を持っているため、緊張した眼差しで集中していた。

「あなた……分かりました……」

ユーミも渋々といった感じではあるが、ザインの言葉に従った。

アークスが、ザインとユーミに椅子を用意する。二人はその椅子に座って、我が子のお手伝いを見守る。

「ねえ、あなた。ルーナとシーナは大丈夫かしら……」

娘の拙い包丁使いにハラハラしながらユーミが尋ねると、ザインは静かに答える。

「大丈夫だろう。ほら、ちょっとでも危ない行動をすれば、夕夏さんが注意をしたうえで教えているじゃないか」

そう言ってザインは、夕夏の方も見てみるように言う。

夕夏は二人の傍を離れず、包丁の使い方を横から見ていた。そして間違った使い方をした時はしっかりと注意する。その後、どこが危なかったのかを実際に自分がやって見せて、理解させていた。

ユーミはその様子を確認し、少し安心した。

「本当ね。確かに夕夏さんがしっかりと教えているわ。周りを見ても分かるけど、みんなお手伝いを楽しそうにしているのは何故かしら。普通ならまだお手伝いも早いくらいの年齢なのに」

ユーミは貴族の令嬢だったので、なおさらそう感じる。貴族の子供には、手伝いをするという発想がない。使用人がいるので、全ての家事は彼らに任せるのだ。

ザインがユーミの問いに答える。

「ユーミ。庶民の子は、手伝いをするのが当たり前なのだ。両親が働いている事が多いし、家に使用人はいない。そういう環境で生きていくには、子供だってできる事はしないといけない。それに手伝う事で、自然と刃物の扱いや危険性を学んでいくのだ」

ザインに説明されたものの、ユーミは首を傾げる。

「タクマさんのお宅には使用人がいますよね。それでも、子供にお手伝いをさせる必要があるのですか？」

ザインは頷きつつ答える。

「タクマ殿の子供を見れば分かるだろう？　猫人族、エルフなど、様々な種族の子供がいる事を。タクマ殿は、あの子達に家庭の中で様々な経験をさせたいのだろう。料理をしたり食事をしたり掃除をしたり、色んな行動をともにする事で、絆を深めているのだ」

タクマの家にいる子供の多くは孤児であり、親の愛を知らない。だからこそ、一般の家庭と同じような事をして愛を注いでいた。

ザインの説明を横で聞いていたタクマは、照れくさそうに言う。

「そこまで深く考えているわけではないんですけどね。手伝いは、自然としてくれるようになっただけなんです。ただ、刃物の扱いについてはしっかり教えています。使い方を間違えれば、命を奪ってしまう物だという事は知っておくべきですから」

「なるほど……」

ユーミは落ち着いて娘の様子を見られるようになった。

◇　◇　◇

野菜を切り終わったルーナとシーナは、ざるに入った野菜をミカの所まで運ぶ。ミカは竈の前でフライパンを振っていた。

「ミカおばちゃん！　おやさい切ったよ！」

「いっぱい切ったのー！」

ミカはフライパンで炒めていた料理を皿に盛ると、ルーナとシーナの方を振り向く。

「あら。たくさん切れてすごいわね」

ミカに褒められ、二人は嬉しそうに目を細める。

その後、ミカは竈の前に台を用意し、ルーナとシーナにその上に立つように言う。

「ここから本格的に料理をしましょう。火を使うから注意しましょうね」

それからミカは、火の扱いを教えていった。料理で使う器具は扱いを間違えると大変な怪我をすると聞かされていたので、二人は真剣に話を聞く。

ミカは二人に確認する。

「分かったかしら。二人はまだ力が足りないから、フライパンは振らなくていいからね。じゃあ、一回やって見せるから、よく見ててね」

ミカは早速、フライパンに油を引いた。

「鍋に油をこのくらい入れて、お玉で広げてね。フライパンから白い煙が上がったら、お肉を入れるの」

下味を付けた肉を投入する。

「油が跳ねるかもしれないから気を付けて。それからお玉でほぐすのよ」

肉の山が潰され、ほぐれていく。

ある程度火が通ったところで、ミカは二人が切ってくれた野菜を掴む。

「そうしたら、お野菜を入れるの」

お玉で肉と野菜を手早く混ぜていく。

「しばらくすると、お野菜がしんなりするからね。そうしたら塩と胡椒を軽く振って……もう一度混ぜたら、お玉を使ってお皿に盛るの。できるかな？」

ミカは仕上げに、お皿に持って見せてあげた。

ルーナとシーナは緊張しつつも、強く頷く。

「できる！」

「がんばってみる！」

ルーナとシーナはやる気に満ちていた。

ミカが譲ると、ルーナとシーナは緊張の面持ちで竈(かまど)の前に立った。

竈(かまど)にはすでにフライパンが置かれている。二人の目は、そのフライパンに固定され、適切なタイミングを計っていた。

フライパンの縁から白い煙が上がった。ルーナとシーナは手際よく、下味の付いた肉を投入する。

すると、ジュッという音とともに肉の焼ける匂いが辺りに漂う。

二人は大きなお玉を使って、肉をほぐしていった。手つきはぎこちないが、彼女達なりに丁寧にしている。

肉の色が白く変わったところで、小分けにした野菜を投入していく。

ミカが声を掛ける。

「さあ、ここからは時間との勝負よ。二人とも頑張って！」

ルーナとシーナは一生懸命、肉と野菜を炒めていった。

野菜に火が通ったところで、塩と胡椒を振る。フライパン全体に塩と胡椒が回るように炒め、完成させた。仕上げに皿へ盛る。

二人の額には、玉のような汗が浮かんでいる。

「で、できたー！」

「はじめてお料理できたよ！」

ルーナとシーナは嬉しそうにミカを見た。

ミカは笑みを浮かべて褒める。

「頑張ったねー。初めてなのにちゃんとできていたわよ。じゃあ味見してみましょうか」

小皿を四つ用意して、味見ができるようしてやる。

ルーナとシーナはまず、ミカの作った野菜炒めを口に入れた。

「おいひい！」

「おやさいがザクザクしてておいしい！」

続いて自分の野菜炒めを食べた。すると二人の表情が少しだけ曇った。そこで何も言わずに、お互いの野菜炒めを食べる。

やはり二人の表情は優れなかった。

「どうしたの二人とも。何かおかしかった？」

ミカはその理由が分かっていたが、あえてルーナとシーナに説明させる。

「あのね。ミカおばちゃんのお料理は、おやさいがとってもおいしかったの」

「わたしたちのお料理は、べちゃっとしてるの」

二人の野菜炒めは、火を通しすぎたせいで食感を失っていたのだ。

ミカは理由を説明する。

「そうねぇ。お野菜は火を通す時間によって食感が変わるの。二人が感じた変化はその辺の事だと思うわ」

料理は、同じ食材、同じ調味料を使ったとしても、作り方によって料理の味さえも変えてしまうのだ。

ルーナとシーナはミカの話を、とても興味深そうに聞いていた。

「じゃあ、わたしたちのお料理の味がちがっていたのは……」

ルーナはそう言って悔しそうな顔をしている。

「食材も調味料も一緒だったわね。だけど、炒める時間が違ったの。野菜は火を通す時間が長すぎると、野菜の中に入ってるお水が外に出ちゃうの。だからべちゃっとしたのね」

ルーナとシーナは、自分の作った野菜炒めを悔しそうに見つめた。

ミカは落ち込む二人を見て思う。

（あら……気合を入れて作った分、落胆も大きいのね。これは経験で上手くなるのだからフォローしてあげないと）

すると、ミカが二人に声をかける前に、ザインがやって来て娘の前に立った。

「ルーナ、シーナ。もう一度だ。もう一度挑戦してみなさい」

それからザインは、二人が作った野菜炒めを食べ始めた。

「おとうさま？」

「それ、失敗なのに……」

二人はザインの行動に困惑していた。

「良いのだ。これはこれで美味しいぞ。成功したらどれだけ美味しい物ができるんだろうな。私は楽しみだ」

ザインは野菜炒めを平らげると、ミカの方へ向く。

「ミカさん。申し訳ないのだが、できるまでやらせてはくれないだろうか？　作った物は私が全て食べるから」

ザインの意図を理解したミカは、笑みを浮かべて了承した。

ミカはルーナとシーナに話しかける。

「ルーナちゃん。シーナちゃん。お父様は二人の野菜炒めを食べたいんだって。成功するまで作ってみない？　食材もたくさんあるから頑張ってみよう？」

ミカの言葉を聞いた二人の目に、火が灯る。

「うん！　やりたい！」

「おとうさまとおかあさまに、成功したのを食べてもらうの！」

二人は再び竈（かまど）の前に立った。


それから二回挑戦をして、二人は食感の良い野菜炒めを作る事に成功した。

でき上がった野菜炒めは、ザインとユーミの前に置かれている。ルーナとシーナは緊張した面持ちで両親が食べるのを待っている。

「ほう。見た目からまったく違う。これはうまそうだ」

「そうね。とっても美味しそうだわ」

ザインとユーミはフォークで野菜炒めを口に運ぶ。野菜の食感がしっかりと残り、肉と調味料のバランスも素晴らしかった。

「うまい。うまいぞ！　二人とも」

「ええ。今まで食べた事がないような美味しさだわ」

ザインとユーミは、娘達を称賛した。

ルーナとシーナはその言葉を聞いた途端、飛び上がって喜ぶのだった。

10　仲間入り？

ルーナとシーナが野菜炒めを完成させるのと同時に、タクマの家族達が準備を進めていた他の料理も完成した。

タクマはザインに声を掛ける。

「ザイン様。お腹の方は大丈夫でしょうか？　その……かなり食べていたようですし。お酒だけにしますか？」

ザインは平然と答える。

「ん？　ああ……恥ずかしい話なのだが、こう見えて大食いなのだよ。食べようと思うと相当な量を食べられるのだ」

意外な事に、ザインは相当な大食漢らしい。それから彼は、外では普通の量で抑えるが自宅ではかなりの量を食べるのだと言った。

「せっかく皆が作ってくれたのだから、しっかりといただかせてもらうぞ」

　ザインはそう言って胸を張るのだった。


　その後、タクマは皆を集めた。

「みんな。これからザイン様達がちょくちょく遊びに来てくれる事になった。よろしく頼むよ」

　そうしてタクマは、ザインの別荘の件を全員に報告した。それからザインに話をするように促す。

　タクマに話を振られたザインは、動揺する事なく挨拶を始めた。彼は、タクマの家族を委縮させないように、崩れた喋り方をあえてしてくれた。

「ここに別荘を持つ事になったザインだ。家族ともども、休みにはお邪魔すると思うのでよろしく頼むよ。私も家族達も、ここがとても気に入ったんだ。どうか受け入れてくれると嬉しい」

　ザインは、タクマの家族達に頭を下げた。

　タクマの家族達は、貴族は庶民に頭を下げないと思っていたため驚いていた。タクマと付き合いの長いカイルが尋ねる。

「なあ、タクマ。貴族ってのはみんなこんなに気さくなのか？　俺のイメージは一般人を下に見る奴しかいないイメージだったんだよな。コラル様もザイン様も、俺らを下に見てる感じがないんだが」

「カイルの言ったイメージの貴族の方が多いんじゃないか？　俺もそんなに貴族の知り合いがいる

わけじゃないが……」

タクマがそう答えると、ザインは笑い声を上げた。

どうやら二人の話が聞こえていたようだ。

「カイル君の言う通り、そんな貴族が多いのも事実だ。だがな、そんな馬鹿者だけではないのだよ。貴族にも私やコラルのような考えを持った人間もいる。ましてや、ここでは身分はいらんのだろう？　だったら、初めから素を出していくのが一番だろう。君も様付けなどいらんから、気楽に話してくれ」

ザインの言葉を聞いたカイルは、だったらと呼び方を変える。

「ザインさんでいいかな？　さすがに年上の人を呼び捨てにはできんだろうしな。俺は、ザインさん達がここに別荘を持つのを歓迎するな。タクマが認めた人間だしさ。だが、ザインさんの子供達は大丈夫か？　貴族の子供だからって甘やかされないと思うんだけど……」

確かにカイルの言う通りである。

そう思ったタクマは、改めてザインに確認する。

「ザイン様。ここでは、子供に危険な事をさせては駄目だとかは言わない事にしています。先ほどのユーミ様の反応を見るとギャップがありそうですが、大丈夫ですか？　まあ、先ほどのあれはこちらが説明をしてなかった事もありますが……」

ここでは、子供達に自由にさせるというのが基本である。常に大人が付いているとはいえ、親には驚きがあるだろうと、タクマはザインに伝えた。

そんな事を話していると、ファリンが話に割り込んできた。

「確かに驚くわね。自分の息子が身体強化を使って追いかけっこをしてた時はね……」

「子供が身体強化？　それは本当か？」

ザインは声を上げ、恐る恐るタクマの方を見る。

タクマは苦笑いを浮かべ、その事を認めた。

「確かに使っていましたね。俺も驚きましたが」

「なんと……子供達の身体は大丈夫なのか？　成長途中の子供達には負担が大きかろう」

ザインは身体強化で子供達の身体が壊れないか心配した。国の兵ですら使いこなすには時間が掛かる魔法なのだ。

「今は、身体に負担がないように魔力を制限していますので大丈夫です。おそらくルーナ様とシーナ様も使えるようになるでしょうね」

湖に別荘を手に入れた事で、ザインの娘達も身体強化の力を得る可能性がある。タクマからそう説明され、ザインは驚いてしまった。

一旦冷静になりつつ、ザインは尋ねる。

「……なるほど。娘達が身体強化を覚えたとしても安全だという事だな？」

「ええ。その辺の事は、このカイルがアークスとともに見ていますので大丈夫です。な、カイル？」

「ああ。ここであの子達と遊んでいれば、遅かれ早かれそうなると思う。だけど、しっかりと見ているから安心してくれ」

カイルは力強くそう言い、ザインを安心させた。

その後、ザインは家族とともに宴会の輪に入っていった。

ザインが砕けた態度で話した事で、タクマの家族達も気軽に話しかける事ができた。歓迎会は大いに盛り上がったのだった。

辺りが暗闇に包まれると、タクマはアイテムボックスからある物を取り出して、子供達を呼んだ。

「なーにー？」

「もうおわりー？」

子供達は楽しい時間が終わってしまうと思い、残念そうな顔をする。

タクマは笑みを浮かべて告げる。

「暗くなったし、俺の故郷で子供達が好きだった事をしようかと思ってな。これは花火と言ってな、先端に火を点けると、きれいな火花が出るんだ。やってみるか？」

タクマが取り出したのは、大量の手持ち花火のセットだった。火を使うので子供達に危険はあるが、しっかりルールを守れば安全に遊ぶ事ができる。

夕夏を始めとした日本人組は、すぐにタクマの意図を理解した。

「みんな！　これはとてもきれいだけど、火を使うから十分に気を付けるのよ。出てる光は火花だから触っちゃ駄目よ」

夕夏はタクマから花火を受け取ると、早速竈（かまど）の火に近づけた。中の火薬に火が入り、勢いよく火花が噴き出した。それを見た子供達は、その幻想的な光景に目を奪われていた。

「ふわー。きれー」

「いろんな色が出てるー」

「まぶしー」

様々な感想を言いながら、皆、花火の美しさにうっとりとしていた。

花火の火が消えると、夕夏は水の入った桶に、消えた花火を入れた。

「いい？　火花が消えたからといって火がなくなったわけじゃないの。中でくすぶっているかもしれないから、しっかりと水につけて消すのよ？　分かった人ー」

「「「はーい！」」」

タクマの子供達と一緒にルーナとシーナも大きな声で返事をした。周りにいる大人達も頷いている。

夕夏はミカとリュウイチと手分けして、全員に花火を配った。

それぞれ花火を楽しみ、タクマの家族達とザイン一家は花火を通して仲良く交流していた。

ザインは少し疲れたと言って縁側に移動した。そうして皆が花火をする様を眺めていると、タクマが一升瓶とグラスを持って近づいてくる。

「ザイン様。花火を見ながら一献いかがでしょう？」

タクマは持っているグラスをザインに渡し、自分とザインのグラスに酒を注ぐ。タクマが用意したのは、大吟醸の日本酒だった。

「気が利くな。しかし、透明な酒か。これはどんな酒なのだ？」

「俺の故郷の国の酒で、日本酒と言います。飲み口は少し辛口で、切れ味が鋭い酒です。以前飲んでいただいたハブ酒より酒精は強くはありませんが、これもまた旨いですよ」

そう言ってタクマは、グラスの酒を口にする。

ザインも倣って酒を口に入れると、日本酒独特の香りが口に広がった。

「ほほう……これは随分と味わい深い酒だな。口当たりは確かに辛めだが、余韻がまるでフルーツのような香りがする」

ザインは日本酒を気に入った。

その後ザインは、花火を楽しむ妻と子供の楽しそうな姿を肴にして、タクマと酒を酌み交わして

いく。

「なあタクマ殿。君は子供達を引き取った事で後悔はないのか？　今までの報告を聞くと、君と守護獣達は静かに暮らせる場所を探していたと聞く。だが、これほどの大所帯になってしまえば、静かとは程遠いだろう？」

ザインの言葉に、タクマは少し考えて口を開く。

「そうですね。静かに暮らしたいとは確かに言ったのですが、それは心静かに暮らしたいと言ったつもりなんです。新しい家族ができて、伴侶となる女性と再会しましたし、今ほど心が穏やかな事はありません。だから後悔はありませんね」

「なるほど……後悔がないか……だからこそここにいる者は笑顔が絶えないのだろうな」

ザインは酒を飲みながらしみじみと呟く。

ここに来て、色々と驚く事は多かった。だが、それ以上にここに住む者達の笑顔が印象的だったのだ。

家族達の笑顔は、王都では見られなかったものだ。これからここに来た時にはいつでも見られると思うと、ザインは心が躍った。

「君に会えた事で、私は妻や娘達の本当の笑顔を見たような気がするよ」

嬉しそうに言うザインに、タクマは笑顔で応える。

「これからもっと色々な表情が見えますよ。お互いに楽しみですよね」

タクマもまた、夕夏や家族達の将来を楽しみにしているのだ。そのためにはどんな苦労でもしていこうと思えるくらいには。

「そうだな。お互い立場は違えど、家族のために邁進していくしかないな」

「ええ、もちろんです」

タクマとザインはそんな事を話しながら、楽しい酒を酌み交わしていた。

やがて一時間ほど経ち、花火も宴もお開きになった。

ユーミ、ルーナ、シーナはとても満喫した様子で笑みを浮かべていた。

一方、ザインはといえば……少し飲みすぎたようで、縁側で眠っていた。

11　急なお泊まり

酔い潰れてしまったザインを背中に乗せ、ユーミ達を連れて別荘に運ぶタクマ。

ルーナとシーナは疲れて眠りそうだが、どうにか歩いてくれている。

タクマの一歩後ろに、アークスが控えていた。さすがにいきなり使用人なしで別荘で過ごすのは大変だろうと考えたのだ。

「タクマ様。ザイン様達を食事に誘ったという形でお連れしたのですよね？」

「ん？　ああ、その通りだ」

それからアークスは次のように進言した。自分が世話をするのは構わないのだが、相手方の家令には言っておいた方がいいと。

「……確かにそうか。では、ザイン様を寝かせた後に俺が行ってくる」

「それがよろしいかと。あと、世話をする人間も滞在許可を出した方が良いかもしれません。その方がザイン様達も楽でしょうから」

別荘で過ごす事になれば専属の使用人が必要だろうとアークスは言う。

「そうだよな……ザイン様達だけではここでの生活は大変か。分かった。その辺も話しておこう」

歩きながら、アークスと打ち合わせを済ませるタクマ。

別荘に到着したところで、ユーミは不安そうに尋ねる。

「あ、あのタクマさん。王都に帰るのではないのですか？」

「さすがにザイン様を起こすわけにはいきませんしね。ただ、アークスを付けますので、ご安心ください。俺がお宅に伺って話を通しておきますから」

タクマの言葉を聞いたユーミは、自分達だけで過ごすのではないと安心した。

「お子様ももう限界でしょう。中へ入ってお休みください。朝には王都から使用人を連れてきますから。良いな？　アークス」

「お任せください」

タクマは背中で眠っているザインをアークスに任せると、タクマはそのまま王都のザインの邸宅へと跳んだ。

応接室には、ザインの家令が待ってくれていた。どうやらいつでも主人を迎えられるように準備をしていたようだ。

家令は、急に現れたタクマに驚きつつも、すぐに表情を元に戻す。

「タクマ様、おかえりなさいませ。ザイン様はご一緒ではないのですか？」

主がいない事は、タクマが現れた時に気が付いていた。何故タクマだけで戻ったのかを家令は聞く。

「ああ、ザイン様は酒に酔って寝てしまわれてな。ザイン様に用意した別荘で休んでもらっている」

タクマは家令に経緯を説明していった。

家令はツッコミどころ満載な話を冷静に聞いていた。タクマの説明が終わると、家令は静かに口を開く。

「なるほど。ザイン様は別荘を手に入れたのですね……タクマ様、一つお願いが……」

タクマは家令が言おうとしている事は分かっているので、手で制する。

「分かってるよ。そちらから使用人を派遣したいと言うんだろ？　俺もそれが必要だと思っているさ。ただ、人員は最小限にしてほしい。あちらでの安全はしっかりと確保してあるから、ザイン様達を世話する人員だけで頼めるか？　食事は俺の所で食べれば良いから」

タクマに条件を出された家令は、すぐに行動に移した。

しばらく待っていると、女性の使用人を三人連れてきた。その手には色々な荷物を持っている。ザイン達の着替えなどを用意したのだ。

「この三人は、普段からザイン様達の身の回りをお世話させていただいている使用人でございます。この者達をお連れください」

「分かった。じゃあ、これを着けてくれ。今日は俺がいるからそのまま飛ぶ事ができるが、これから必要になる物だから。あと、この魔道具は滞在の証明にもなっているから、この場で着けてくれ」

アイテムボックスから腕輪を出すと、三人に渡す。

そして家令にも手渡した。

「私にもですか？」

「ああ、これからザイン様はちょくちょく湖に滞在するとおっしゃっていたから、あなたにも必要だろう？」

「なるほど、確かにそうですね。ではお預かりさせていただきます」

家令はタクマから腕輪を受け取ると、すぐに装着する。それを見ていた使用人達もまた、すぐに装着した。

「じゃあ、早速行くけど良いだろうか？　今はウチの家令であるアークスが、ザイン様達を見てくれているから、交代してくれ」

「「はい」」

使用人達の返事を聞いたタクマは、早速湖へ跳ぶ。


別荘の前に到着し、ザインの使用人を見ると、驚きのあまり固まっていた。

「大丈夫か？　行けるか？」

タクマの言葉を聞いた使用人達はすぐに我を取り戻し、タクマの後をついていく。

別荘の中に入ると、リビングでユーミとアークスが待っていた。

「タクマさん。使いのような事をさせて申し訳ありません」

亭主であるザインが寝ているため、ユーミが代わりに礼を言う。

「大した事ではありませんからお気になさらず。夜も遅いですし、俺達は失礼しますね」

そう言って頭を下げ、タクマは使用人達に言付けをしておく。目を覚ましたら、ザインとユーミに母屋へ来るようにと。

使用人達は深く頭を下げ、タクマ達を見送るのだった。

◇　◇　◇

翌朝。

ザインは目を覚まし、見慣れぬ天井を眺めていた。

「ここは……ああ……タクマ殿の家で飲んでて……しかし、飲みすぎたな……」

彼は昨日の旨い酒を思い出しながら、二日酔いの頭痛とムカつきに顔をしかめる。

身体を起こして隣に目を向けると、ユーミが安らかな寝顔で眠っていた。彼がしばらく寝顔を見ていると、ドアをノックする音が聞こえた。

「入って良いぞ」

ザインはそう言って、ドアの方へ顔を向ける。

入ってきたのは、自分の邸宅で働いている使用人だった。

「ザイン様。おはようございます。ルーナ様とシーナ様はすでに起きられまして、タクマ様のお宅に向かわれました」

「そうか。では、私達もそろそろ起きんとな。今日は城に上がらねばならんしな」

そう言ってザインは使用人から服を受け取り、ふと違和感を覚えて首を傾げる。

「……ちょっと待て。何故うちの使用人がいる？　ここはタクマ殿の湖だろう？」

ザインが慌ててそう言うと、使用人は昨日の事を説明した。

タクマが介抱してくれ、使用人達を迎えにまで行ってくれたと聞かされ、ザインは頭を抱える。

「だいぶ気を遣わせてしまったか……で、何人がこちらに来ている？」

「私を含めて三人です。食事はタクマ様の方で用意するから、最小限の人数でと言われましたので」

「そうだな。大人数で来てしまってはゆっくりできんしな」

ザインは立ち上がってユーミを起こす。

「ユーミ。おはよう。そろそろ起きよう」

「う……ん……あなた？　……そうですね……起きます」

まだ寝ぼけているユーミはボーッと周りを見渡していた。ユーミが覚醒するのを待とうとしたザインに、使用人が声を掛ける。

「ザイン様。着替えの前にお身体を清めた方がよろしいかと。準備はできております」

使用人は手に着替えとタオルを持っていた。

「そうか。この別荘は風呂があるんだな。分かった。ひとまずさっぱりしてからタクマ殿の所へ行くか」

ザインはそう言うと、使用人の手から着替えとタオルを受け取る。

「ザイン様。お供しますが……」

使用人はついて行こうとしたのだが、ザインは首を横に振る。

「ここは別荘なのだ。このくらいの事は自分でする。君はユーミを頼む」

ザインは、別荘の風呂へ歩いていく。

風呂に着くと、ササッと服を脱いで風呂場に入る。脱衣所も風呂場も大きく作られており、家族全員で入っても充分な広さがあった。

身体をきれいに洗って湯船に入る。

「ふう……この風呂もなかなか良いな。さすがタクマ殿が用意した物だ」

しっかりと身体を温めて目を覚ました。

その後、ザインは風呂から上がってリビングへ向かう。

入れ替わりで、ユーミも身体を清める事になり、ユーミは風呂に向かった。ユーミもこのくらいの事は自分でやると言って着替えを自分で運んだ。

ザインがリビングのソファーに座ると、使用人が冷たい水を用意してくれる。ザインは一気に飲み干し、フッと息を吐く。

「さすがに飲みすぎたな。これほど水がうまいとは。さて、ユーミが上がったら、一休みしてタクマ殿の所へ行くか」

しばらくソファーでゆっくりとしていると、目を覚ましたユーミが戻ってきた。ザインと同じようにソファーへと座り、ゆっくりと水を飲み干す。

ユーミとともに風呂上がりの一服を済ませると、使用人達と一緒に家を出るのだった。

タクマの家まで歩きながら、改めて周囲の景色を楽しむ。

「タクマ殿が受け入れてくれて良かったな。これほど贅沢な別荘もない。何も遮る物がない自然というのは雄大だ」

ザインは立ち止まり、湖から広がる大自然を堪能した。ユーミはザインに寄り添い、今まで体験した事のない開放感を楽しむ。

そして再び歩き出し、タクマのいる母屋に到着した。

「ザイン様、おはようございます。タクマ様はリビングでお待ちです。どうぞ中へ」

アークスはザインを迎え入れた。

「ザイン様。おはようございます。良く眠れましたか？」

タクマは挨拶を交えながら、しっかりと休めたか確認する。

「うむ。飲みすぎで少し頭痛と胃もたれがしているが、しっかり寝られた」

ザインの答えに、タクマは苦笑いを浮かべる。そしてザインとユーミがソファーに座ると、タクマはアークスに目配せをした。

アークスはキッチンから、二人分の朝食を運んできた。メニューはベーコンエッグ、サラダ、シジミの味噌汁、ご飯である。

ザインとユーミは、見た事のない茶色の液体に釘づけになっていた。

「め、珍しいスープだな……これはなんという料理なのだ？」

「これは味噌汁です。シジミで出汁を取って、味噌を溶かしているんです。シジミは二日酔いにも良いですから、是非飲んでみてください」

それからザインは、自分達の分しか食事がない事に気付き、他の者は朝食を食べないのかと聞いた。タクマは、家族達は朝が早くすでに済ませていると答えた。庭では、子供達の楽しげな声が響き渡っている。

ザインは、恐る恐る味噌汁に口を付けた。

「これはうまいな……独特の味わいだが、身体に染みるようだ」

ユーミも同じように飲んで笑みを浮かべた。

二人は残さず食事を終わらせた。


食後、ザインとユーミはのんびりと玉露（ぎょくろ）を啜（すす）っていた。ザインは、タクマに城への同行をお願いする。

「宿の事を話すのはもちろんだが、トーランの事も話さねばならん。コラルも城へ来るように手配をしてあるのだ」

宿の事もそうだが、トーランの現状を王に話す必要があると、ザインは伝えた。タクマはトーランの開発において自重なく手を出している。なので、領主であるコラルと開発を手伝っているタクマの話をセットで聞きたいと彼は言った。

「それに、別荘の事も報告しておこうと思うのだ。言う義務はないのだが、知られた時の事を考えると、早めに言っておいた方が良いだろう」

確かに別荘の事を内緒にして後にバレた時を考えると、非常に面倒な事になる。タクマも同じように考えた。

「そうですね……分かりました。ご一緒させていただきます」

タクマが同行を了承すると、ザインはすぐに行こうと立ち上がり、ユーミに声を掛ける。

「ユーミ。君はあの子達と一緒に自宅へ戻ってくれ。あんなに楽しそうにしているのだ。今すぐ帰す必要もあるまい」

「分かりました」

ザインは外にいるルーナとシーナに目を向けた。

昨日とは違い、子供達の傍にはカイルと数人の大人達がいた。さっきまでは守護獣達と遊んでいたのだが、その姿は見えない。

「ん？　ヴァイス達はどうしたのだ？　それにあの者達は……」

子供達の傍にいる者達に、ザインは見覚えがあった。

「カイル以外の者達は元暗部の者達です。彼らは、力というものが何かを分かっていますから」

それからタクマはザインに、彼らは子供達に体術を教えていると説明する。

「ふむ。これも授業なのか……だが、子供達の表情はとても楽しそうなのは何故だ？」

子供達は授業だというのに時々笑っていたが、その意味がザインには分からなかった。

「子供に、真面目一辺倒の授業をしても飽きてしまうんですよ。だからああして、子供達が楽しんで授業を受けられるように工夫しているんです。遊びながら学ぶのが一番早いんです。なお、失敗して怪我をしても、カイルは回復魔法を使えますから心配ありません。痛い目を見れば、同じ事はしなくなります」

タクマの説明はザインにとって目から鱗だった。確かに的を射ている。

「ここでの授業は、子供ありきで考えられているのだな。これこそが子供達に教える時に必要なのかもしれん……」

城へ行こうと言っていたのに考え込んでしまったザイン。そんな彼を、タクマは苦笑いを浮かべて現実に戻す。

「ザイン様。そろそろ動きましょう。城へ行くのですよね？」

「……ん？　おお！　そうだった。では、タクマ殿行こうか。私の執務室へ跳んでくれるか？」

我に返ったザインはすぐに行こうと立ち上がった。

タクマはザインとともに城の執務室へ跳んだ。

12　御用達（ごようたし）と計画

タクマとザインは城の一室に到着し、備え付けられているベルを鳴らす。すると、衛兵が入ってきた。

「お呼びでしょうか？」

「うむ。これからパミル様の所へ行く。パミル様は執務中か？」

ザインがパミルの居場所を聞くと、衛兵は肯定した。

ザインとタクマは、パミルの執務室へ移動を始めた。

「タクマ殿。おそらくパミル様は宿に行きたいと言い出すと思う。だが、一国の王にやすやすと出かけられるのは非常に困る。君の結婚式は参加を認めたが……その……」

言いづらそうにするザインに、タクマははっきりと答える。

「分かってます。宿に泊まるのを認めるのは、俺達の結婚式の時だけにしましょう。スージー様達にはいつでもどうぞと言いましたが」

「うむ。すまんな。あの方は、毎日宿から通うなどと言い出しかねんのだ」

確かにパミルならやりかねないと、タクマも思った。パミルは気晴らしをしたいと言って強引にコラルの所へ来た事があるのだ。

「それは宿の者達のメンタルを守るためにも避けたいですね」

タクマが笑いながら言うと、ザインも声を出して笑う。

そんな事を話していると、パミルの執務室に到着した。扉の前には衛兵が二人で部屋を守っている。ザインが衛兵に声を掛ける。

「パミル様はいらっしゃるか？」

「はっ！　中で執務を行っております。お待ちください」

衛兵はドアをノックして、ザインとタクマが来た事を告げる。

「やっと来たか！　入れ！」

中から機嫌の悪そうな声が響く。パミルは機嫌がよろしくないようだ。

ザインとタクマは静かにドアを開けて中へ入る。

「お前達ばかりズルいぞ！」

部屋に入った早々にそう怒鳴られ、ザインは顔をしかめる。

「パミル様。あなたは一国の王です。その王が安易に遊びに行けるとお思いですか？」

パミルの考えなしの言葉に、ザインの説教スイッチが入ってしまったようだ。それからザインは、タクマがいるのも忘れてパミルを説教し出した。

タクマは口出しせずに黙っていた。パミルがタクマの方を見て、縋るような表情をしたが、タクマはにっこりと笑って親指を上げる。

それでタクマが助けてくれない事を悟ったパミルは、ガックリと肩を落として説教を受け続けるのだった。


一時間後。

未だにパミルはザインの説教を受けている。

パミルの目はすでに虚ろである。さすがにこれ以上はタクマも待っていられないため、声を掛けようとする。

ちょうどその時、執務室をノックする音が聞こえた。

しかし、パミルもザインも気付いていない。何度かノックの音が聞こえるが、それでも二人は気付く様子がない。

タクマは仕方なく執務室のドアを開けた。現れたのはコラルである。

「タクマ殿？　何故タクマ殿がドアを開けるのだ？」

「それが……」

コラルの問いに、タクマはこれまでの事を説明する。するとコラルは表情を変え、執務室に入るとすぐにドアを閉め、そしてタクマに遮音を施すように指示をする。

コラルが何をしようとしているのか理解したタクマは、すぐに遮音を施す。タクマが頷いて遮音を済ませた事を伝えると、コラルは大きく息を吸い込み声を出す。

「いい加減になさい！」

「!!」

突然の大声に、パミルとザインはハッと振り向く。

二人の視線の先には、ドアの前に立って苦笑いを浮かべるタクマと、怒りの表情のコラルがいた。

そこでようやく二人は、タクマを放っておいた事に気が付いた。

コラルがザインに告げる。

「まったく。タクマ殿を連れてきておきながら、何をやっているのです。ザイン様、失態ですぞ？」

「め、面目(めんぼく)ない……」

ザインは素直に頭を下げる。続いてコラルはパミルの方へ顔を向ける。

「パミル様。きっとあなたがザイン様を刺激する我が儘を言ったのでしょう。我が儘もいい加減にしてください」

「うっ……しかし……」

「しかしも何もありません。いい加減にしていただけないのであれば……私にも考えがあります」

反論しようとしたパミルに、コラルは非情な事を言う。

「……タクマ殿、申し訳ないが、パミル様の空間跳躍の魔道具を無効化してくれないだろうか。このような物があるせいで我が儘を言うのだから」

パミルは慌てて謝り出す。

「ま、ま、待ってくれ！　私が悪かった！　我が儘はもう言わん！　だから、だからそれだけは……！」

王の威厳もあったものではなく、みっともなく懇願するパミル。

コラルは深くため息を吐くと、ゆっくり話しかける。

「良いですか？　あまり我が儘を言うものではありません。その姿をタクマ殿に見られて恥ずかしくはないのですか？」

パミルは恥ずかしそうに俯く。

コラルは何も気晴らしをするなと言っているわけではない。立場をわきまえてほしいと言っているのだ。

コラルがさらに告げる。

「これ以上言う必要もないでしょう。この話は終わりです。そろそろ本題に入りましょう。タクマ殿、長い時間立たせてしまって申し訳ない。座ってもらえるか？」

タクマとコラルは並んで座った。パミルとザインは対面に座ってもらう。

パミルとザインはタクマに謝罪する。

「タクマ殿。すまなかった。私が我が儘を言ったせいで放ったらかしになってしまった」

「私にも謝罪させてもらえるか。申し訳ない。カッとなったとはいえ、君を放り出して説教はいけなかった」

　深く頭を下げる二人に、タクマは苦笑いを浮かべる。

「もう良いでしょう。謝罪を受けますから。それよりも話をしましょう」

　タクマは怒っていないので、そのまま話を促すのだった。

◇　◇　◇

　その後、ようやく始まった話は、まず宿の事だった。ザインは自分が見たままの宿の様子、部屋の設備などを説明していった。

　パミルは、その話を羨望の眼差しで聞いていた。

「なるほど……宿は全てにおいて素晴らしいのか……宿の警備、施設、サービスもとなるとやはり国のお墨付きを与えておいた方が無難だな……」

「お墨付きというのは、私も考えておりました」

　パミルはザインと軽く話し合った後、自分の机に向かった。パミルは一枚の紙を取り出すと、その書類をタクマに渡し、説明を始める。

「それは、タクマ殿の商会がパミル王国の御用達だと証明する物だ。契約魔法が掛かっていて、君がサインをした時点で効力が発揮される。宿だけを御用達としようと考えていたのだが、宿の向かいにある食堂の料理もまた絶品だそうじゃないか」

それからパミルは、タクマの商会で始めた事業は全て、国の御用達になると説明した。

タクマは申し訳なさそうに言う。

「俺としては、そこまでしていただかなくても大丈夫だと考えていたんですけど……」

タクマには、国の御用達にならずとも、事業を成功させる自信があった。タクマは、御用達が必要だと思っていないが、パミルは違った目線でそれが必要だと判断していた。

パミルが告げる。

「我らも宿が繁盛する事に疑問はないのだ。我らが案じているのは君の従乗員や家族の事だ。これから先、君達商会は嫌でも目立っていく事だろう。その時に後ろ盾がなかったら、君の家族や従業員達が危険だ。そんな事が起ころうものなら、君が黙っていないだろう。御用達というのはそういった事態を避けるためのお守り(まも)だと考えてくれたらいい」

タクマははっきりと理解し、礼を伝える。

「お気遣いありがとうございます」

タクマが考えている以上に、パミル達は色々と気を回してくれていた。それを知って、タクマは感謝しつつ書類にサインをする。

すると書類は淡く発光した。

「ふむ。これでタクマ殿の商会はパミル王国御用達となったわけだ。直接的ではないにしろ、我が国にとってはとても有益な事になる。商会についてはここまでにして、次はトーランの話をしようか」

満足そうに頷いたパミルは、話題を変えた。

「トーランは現在、タクマ殿の助けを借りながら目覚ましい発展をしようとしている。これは王国としては歓迎したい事ではあるのだが、一つ懸念がある」

パミルの言葉に、コラルが反応する。

「トーランが突出して発展をしてるという事ですね？」

「うむ。その通りだ。各領地で発展に差がある事は当たり前だ。だが、トーランにはタクマ殿という規格外がいて、タクマ殿の考え方はこの世界の事を基準にしておらん節（ふし）がある。タクマ殿、そうであろう？」

タクマは平然と答える。

「そうですね。この世界の事を基準には考えていませんね。自分の家族達が生活している町は安全にしたい、不自由がないようにしたい、そういった考えで動いています」

パミルは頷き、話を続ける。

「その考えは分かる。誰だって自分の家族の安全は大事だ。だが、タクマ殿には神から授かった能力がある。タクマ殿がその気になってしまうと、トーランと他の領との乖離（かいり）はさらに激しくなってしまう。そこで……」

パミルが最後まで言う前に、ザインが口にする。

「トーランの独立領化ですね？」

「うむ。トーランを完全に王国から切り離して独立国とするのは無理がある。他の国も認めはしないだろう。何より我が国もそれはしたくない。別の国になってしまえば、トーランからもたらされる技術が流れてこなくなる可能性がある。だから特例として、国の影響を受けないように独立領という形を取りたいのだ」

パミルの話は、以前ザインから聞いた計画と変わりはない。だが、すでに決定していると聞かされ、タクマは驚いた。

タクマと同じように驚いた者がいる。

ザインである。

「お待ちください！　どういう事ですか⁉　私はその決定を知りません！」

「まあ、待て。落ち着いて最後まで話を聞いてくれんか？　話は終わっていない」

パミルは静かな口調でそうたしなめたが、ザインは自分を差し置いて計画が進められていた事に怒りを覚えていた。

「ザインに言わなかったのには訳がある。お前を計画の一部に組み込むつもりだったからだ」

それからパミルは、トーランの独立領化計画にはザイン自体がとても重要な位置づけにいると言った。

困惑するザインに、パミルにさらに告げる。

「むしろ手を回して会議のメンバーから外して、お前に計画の詳細が伝わぬようにしていたのだ」

「……まったく分からないのですが」

説明を聞いても、ザインはパミルの意図が分からなかった。

パミルはザインの反応を気にする事なく続ける。

「王都を離れる者に頼りきりでは、この国も先はあるまい？　お前がいなくともしっかりと決定を下せる事を見せておきたくてな」

「は、はあ？　私が王都を離れる？　どういう意味でしょうか？」

ザインはますます混乱する。

「本当はタクマ殿の商会が経営する宿が始まってからと思ったのだが、こうなってしまってはここで言うしかないか」

パミルはそう言うと机の方へ行き、二枚の書類を取り出す。それはタクマに渡した書類とは違って羊皮紙だった。

ザインとコラルはその書類を見て、すぐに立ち上がってパミルの足元に跪く。

パミルは、静かに口を開く。

「ザイン・ロットン宰相。一週間後、王都を離れトーランで新設される新部署への異動が決定した。仕事の内容は後ほど書面で渡す。良いな？」

「……はっ！　拝命したします！」

ザインは困惑しつつも顔を上げて、パミルから命令書を受け取った。

続いて、パミルはコラルに声を掛ける。

「コラル・イスル侯爵。独立領トーランの領主を命じる。このまま領の発展に尽力するように」

「はっ！　必ずやトーランを盛り上げてみせます！」

コラルも命令書を受け取った。


その後、パミルはソファーに座り、ザインとコラルの二人も戻った。

一部始終を見ていたタクマはパミルに聞く。

「しかし、ザイン様をトーランにですか……ものすごい決定なのでは？」

「だろうな。国の宰相であるザインを派遣するなど、本来はありえん。だが、タクマ殿と面識のある者は少ないからな、こうするほかなかったのだ。君も知らん人間に来られても困るだろう」

ザインのトーランへの異動は、タクマのためでもあった。パミルは、タクマと面識がありお互いを認めている者が、トーランに必要だと判断したらしい。

「確かにそうですが……」

「それにちょうどいいとは思わんか？　ザインはこれまで国のために頑張ってくれた。そろそろ家族のために生きてみるというのもありだと思うのだ。タクマ殿の湖に別荘を持ったというのも、ザインが家族の事を考えたのだろうしな」

パミルの言葉を聞き、ザインは驚いた。パミルがそこまで気を回してくれると思っていなかったのだ。

「あ、ありがとうございます。パミル様のお気持ち、感謝します」

「良いのだ。これまでよく頑張ってくれた。これからは家族の事も大事にしてくれ。仕事は少なくないが、今までよりは家族と近くにいられるだろう」

こうしてザインはトーランに常駐する事になった。

続いて、パミルは真剣な顔でタクマに話しかける。

「さて、タクマ殿。予想しているとは思うが、頼みがある」

タクマは、パミルの言いたい事が予想できるため、苦笑いしか出ない。

「ええ、別荘の事ですよね？」

「うむ。できれば我ら王族のためにも一軒用意してくれんか？」

「はあ……」

タクマは生返事しつつ、ザインとコラルに顔を向ける。すると二人は困った顔をして、やれやれと首を横に振っていた。

タクマがどうしたらいいか考えていると、パミルが提案する。

「タクマ殿。私の方で別荘の所有と滞在する際の条件を考えたのだが、それを確認してみてはくれんか？」

パミルは、懐から一枚の契約書を取り出した。じつはパミルは、どうやったら自分も許可がもらえるかについて、王妃達と話を詰めていたという。

契約書には、その条件が記されていた。

1．湖で我が儘は言わない
2．湖で子供には全てやりたいようにさせる
3．湖に行く時は、しっかりと仕事を終えたうえで許可を取る（許可が出ない時は行かない）
4．一回の滞在日数は一泊のみ
5．滞在中は、身分は関係なく過ごす

書類を確認したタクマは、ザインとコラルにも確認してもらう。

「どうでしょうか？」

「ふむ。大体こんな感じで良いだろうが、これでは足りんな」

ザインはそう言って不備があると伝えた。

続いてコラルも言う。

「私もそう思う。これではいつでも来られるようになってしまうぞ。まあ、実際には仕事を終えて

とあるから無理があるが」

二人が指摘したのは、頻度の事だった。確かに、パミルが用意した契約書にはそこの指定がない。これでは何度でも行ける事になってしまうのだ。

二人が、その条件を追加するように伝えると、パミルは少し悔しそうに言う。

「抜け目ない奴め……分かった。元から決めてはいたのが、文面には残さなかったのだ。頻度はこんな感じでどうだ？」

６．湖へ泊まりに行く頻度は半年に一度

「「へぇ……」」

その文言を見た瞬間、三人は思わずハモってしまった。

タクマが言う。

「随分と厳しく条件付けしたものですね」

今までのパミルなら、もっと緩い条件を提示してきてもおかしくない。王妃達と考えたとはいえ、可哀想になってしまうほど厳しかった。

「そうだな。我ながら相当厳しく条件付けしたつもりだ。本当はもう少し緩くてもいいと言われたのだがな……」

「何故緩めなかったのでしょうか？」

タクマがパミルに聞くと、パミルは苦笑いを浮かべて言う。

「そうだな……要は、子供達に情けないところを見せたくないというのがある。親が我が儘を言っている姿を見たら、子供は呆れるだろう？　これ以上、子供達の信用を失うわけにはいかんのだ」

パミルは、アレルギーの一件で思うところがあったようだ。

そして、もう一つ理由があった。

「今まで私にはザインという右腕が近くにいた。とても頼りになるのでな、どうしても私も気を抜いてしまう。これからはザインがここを離れるのだ。それで国が乱れてしまえば、私は裸の王だと笑われるだろう。それは絶対にならん事だ」

ザインがパミルのもとから離れる事が決まった今、自分がしっかりとしなければいけないと思ったらしい。

「なるほど。家族にがっかりされないためと、ザイン様が離れた事で国が乱れないように頑張ると」

タクマがそう言うと、パミルは力強く頷いた。

「簡単に言えばそうだ」

パミルは考え抜いて条件を決めていた。しかし、それを考慮しても厳しい気がすると思ったタクマは、ザインとコラルに相談を持ちかけた。

一旦その場を離れて三人で話し合う。

「コラル様、ザイン様。本人がここまで考えを巡らせているなら、少し条件を緩めても良いかと思うのですが……」

「うむ……そうだな……ザイン様はどうお考えですかな？」

コラルは自分では判断ができないと言い、ザインに話を振った。

「そうだな。だったらこういったのはどうだ？」

ザインが提案したのは、半年に一度というのは変えずに、泊まれる日数を三日にするというものだった。自分が抜ける今、頻度を多くするのは得策ではないと考えたとの事だった。

それに加えて、三か月に一度、スージー達とともに日帰りで湖に行けるようにしたらどうかと言った。

「そうですね。じゃあ、そうしましょう」

タクマはそう言い、話し合いを終えた三人は席へ戻った。

タクマがパミルに話しかける。

「パミル様。お覚悟は分かったのですが、それでもこの条件は厳しいと思うので、俺達が考えた条件を聞いていただけますか？」

タクマは、コラルとザインと一緒に考えた条件をパミルに話す。

タクマの言葉を聞いていたパミルは、明らかに表情が明るくなった。自分で提示した条件で進められると思っていたら、タクマから譲歩して機会を増やしてくれたからだ。

タクマの説明を聞き終わると、パミルはゆっくりと口を開く。

「い、いいのか？」

「ええ。その代わり、しっかりと仕事を終わらせてから来てくださいよ」

「もちろんだ！　ちゃんと約束は守る！」

嬉しそうなパミルは、タクマの気が変わらないうちに新しい条件で契約書を作るため人を呼んだ。

すると、すぐに扉をノックする音が聞こえた。

「失礼します。お呼びでしょうか？」

「おお！　ノートン！　すまんが契約書の内容を変更してくれんか？」

パミルは早速契約条項の変更を説明していく。するとノートンと呼ばれる男性はタクマの方に顔を向ける。

「タクマ様。お初にお目にかかります。私はバズ・ノートンと言って、ザイン様とともに宰相をしている者です。契約条項の変更と言われましたが、本当によろしいのですか？」

ノートンは条件を緩くして本当にいいのか確認する。

「構いませんよ。ただ、条件にも入っていますが、しっかりと仕事を終らせたうえでしたら大丈夫です。その辺はノートン様が確認してくれるのですよね？」

「ええ。もちろんです。終わらなかった場合は絶対に許可しません」

許可をしないと言った瞬間、ノートンは鋭い目でパミルを見る。パミルはその目線に固まってしまった。

その姿を見たザインが、タクマに耳打ちする。

「ノートンは若いがとても優秀だ。彼に任せれば、パミル様はサボって湖に行くなどできん。彼は私以上の仕事人間だからな。パミル様をしっかり監視してくれる事だろう」

ノートンは苦笑いを浮かべてザインに話しかける。

「聞こえていますよ。私はザイン様ほど仕事に生きているわけではありません。自分の時間はしっかりと取っております」

「そうだと良いのだがな。ノートンよ。聞いているかと思うが、私は来週で城を離れる事になった。後の事は頼むぞ」

そう言ってザインはノートンの肩を叩く。

「もちろんです。ザイン様が抜けたから国が傾くなどあってはならない事ですから。私がパミル様を支えてみせます」

ノートンはそう言って胸を張って後の事を引き受けた。そして条件を確認すると、新しい契約書の作成のために部屋を出ていくのだった。

契約書の作成を待っている間、パミルはトーランの都市計画について聞いていた。ここではタクマが説明するのではなく、コラルが今までの行動とこれからの計画を話していた。

「報告書にもあったが、お前達はトーランを難攻不落の砦にでもするつもりか？　町を結界で覆う？　悪意のあるものを拘束し、町から排除？　反対に外からの悪意には鉄壁のガード。どこと戦うつもりなのだ……」

説明を受けたパミルは、半ば呆れ顔でコラルとタクマを見る。

「私としましては、これから先の事を考えれば妥当な行動だと思うのですが……タクマ殿が家族のために自重をやめたという事は、町の中に今までにない技術や産業が生まれる事を意味します。それを悪用する者が出ないようにという措置です」

コラルは、今回の都市計画についてはまったく非がないと堂々と言ってのける。

パミルは呆れ顔で言葉を続ける。

「コラルよ……タクマ殿の近くで感化されすぎではないか？　外から見たらとんでもない事をしようとしてるぞ」

「そうは言いますが、今の時点でもタクマ殿が出した考えというのは貴重です。できる限り早いうちに、情報の流出を防がねばなりません」

実際、都市計画が始まる前に学校の計画やミシンが登場し、その情報統制は大変だった。それに加えて今回の宿の事だ。計画を急ぐのも仕方ない。

「確かに言いたい事は分かる。だからこそ、国も独立領という形で都市計画を承認するのだからな。まあ、ここまで来てしまえばもう引き返せんだろうし、そのまま都市計画を進めると良い。ただ、貴族の中にはトーランを不穏分子と考えている者もいるのだ。その者達を押さえるためにも、ザインの異動というのは必須だったのだ」

パミルは他の貴族の目もあって、ザインを派遣する事に決めたそうだ。

その説明に反応したのは、コラルだ。

「しかし、ザイン様をトーランにというのは随分と思いきりましたね。監視だけであれば、他の者でも……」

コラルのもっともな質問に、パミルは大声で笑いながら答える。

「お前とタクマ殿に面識があって、どちらにも物を言える者が他にいるのか？」

「うっ……それは……」

パミルは、タクマの監視のためだけでなく、二人が暴走した時のストッパーとしてザインをトーランに行かせる事にしたのだ。

今は町のため自分の家族のためという目的があるが、人間というのはどこで道を間違うか分からない。だからこそパミルは二人が知っている自身の側近を当てたのだ。面識がある分、ザインの言葉には耳を貸すと思ったからこその異動だった。

それを黙って聞いていたタクマは思わず唸る。

「へぇ……しっかりと考えているんだな……」

「タクマ殿は私をどう考えているのだ？」

苦笑いを浮かべるパミルに、三人同時に返事をした。

「「「残念王ですね」」」

まさか三人同時に言われるとは、と思わず言葉を失うパミルに、ザインは厳しい目をして口を開く。

「あなたの行動がタクマ殿にそう思わせたのです。これからは言ってくれる人が減るのです。今以上に行動と言動には気を付けてください」

「はい……」

パミルは自分がどう思われていたのかはっきりと言われ、肩を落としながら返事をした。


打ち合わせを終えて雑談していると、契約書の作成を終えたノートンが戻ってきた。

「お待たせしました。修正した契約書をお持ち……何故パミル様は落ち込んでいるのでしょう？」

話を聞いていなかったノートンは首を傾げてザインを見る。

「タクマ殿にパミル様の印象を聞いて落ち込んでいるのだ」

ザインから話を聞いたノートンは苦笑いを浮かべて、仕方ないとパミルに言う。

「普段から気を付けないからそんな事になるのです」

「自分でも分かったからこれ以上言わんでくれ……」

その後は契約書にサインをし、お互いに契約書を保管した。

打ち合わせが終わると、タクマ達は失礼する事になった。

ザインとコラルは詳しい指示書を受け取るため、城に残るそうだ。タクマは一人で戻る事になった。謁見の間はタクマが戻るためにしっかりと人払いがされていた。

タクマは一人で謁見の間に入ると、深いため息を吐きながらボソッと呟いた。

「はぁ……もう少し自重しないとな……とりあえず宿の報告は明日以降に聞くか。今日はゆっくりしたい。たまにはヴァイス達とどこかに行くかな……」

若干疲れを見せたタクマは、休むために自宅の庭へ跳ぶ。

13　ゆったりした時間

湖畔に戻ったタクマ。その背後にいつくかの黒い影が迫っていた。

複数の影に激突されたタクマは、派手に転がっていく。

「いてて……なんだ？」

身体を起こしたタクマに、暗い影は身体を擦りつける。

「アウン！（とうちゃん！　たまには遊ぼー！）」

「ミアー！（みんなと遊ぶのも楽しいけど、お父さんとも遊びたい！）」

「キュイ（たまには休んだ方がよろしいかと）」

「キキキ（森で追いかけっこしよー）」

「クウ（遊んでー）」

「……（……休まないと疲れちゃう……）」

影の正体は、狼の守護獣ヴァイス、虎の守護獣ゲール、鷹の守護獣アフダル、猿の守護獣ネーロ、兎の守護獣ブラン、蛇の守護獣レウコンだった。

彼らはタクマがこのくらいで怪我をしないと分かっているため、遠慮なく飛び込んだのだ。

彼らは、宿の事で奔走していたタクマを気にしてくれており、タクマはその気持ちが嬉しかった。

猫のハクがゆっくりとタクマに近づいてくる。

「タクマさん。ヴァイス達みんな心配しているんだよ。家族のためなのは分かるけど、休んでほしいんだって」

ハクは守護獣達の思いを代弁するように言う。

タクマは立ち上がって口を開く。

「みんな。気遣ってくれてありがとう。そうだな……ここ数日忙しく動いていたし、ゆっくりす

るか」

笑みを浮かべるタクマに、ヴァイス達は嬉しそうに頷く。

タクマとヴァイス達としばらくじゃれ合っていると、夕夏がやって来た。彼女は自分の従魔である牛のマロン、鼠のシンザ、羊のフルウムを連れていた。夕夏の従魔は傷を癒すために出歩いていなかったのだが、随分良くなったようだ。

夕夏がタクマに話しかける。

「おかえり。やっぱりヴァイス達はあなたと一緒なのが一番嬉しいのね」

「大事な相棒で家族だからな」

タクマはそう言って、ヴァイス達を撫でた。それからマロン達を見ると、夕夏に話しかける。

「マロン達も散歩か？」

「ええ、私も家を空ける事が多いから、たまには一緒にいてあげないとね」

マロン達は夕夏がいる事が嬉しいようだ。

タクマと夕夏が話し始めると、ヴァイス達は少し離れた所に移動して遊び始めた。夕夏がそんな彼らを見ながら呟く。

「ヴァイス達、あの様子だと、当分タクマを放してくれそうにないわね」

「だな。最近は俺単独で動く事が多かったし、今日は一緒に過ごそうと思ってるよ」

タクマは、今日一日は家に戻るつもりはなかった。ヴァイス達とともに、祠で過ごすつもりなのだ。

夕夏とマロン達も一緒にどうかと誘うと、夕夏は嬉しそうに返答する。

「良いの？」

「大丈夫さ。マロン達も俺に懐いてくれてるし、ヴァイス達もお前に慣れている。だったら問題ないだろ？」

そう言うと、タクマはヴァイス達を呼んだ。最近あまりなかった主人との触れ合いに、彼らは嬉しそうな顔をする。

タクマは、縁側にいるアークスに声を掛ける。

「アークス！　そういう事になったから、俺達は祠の方に行く」

「分かりました！　ゆっくりとお過ごしください。何かありましたら遠話で報告します」

後の事をアークスに任せると、タクマ達は祠に移動した。

タクマは到着するやいなや野営用のテントを設営し、テーブルセットを配置していく。

そんなふうにタクマが作業していると、守護獣達は身体を小さくして抱っこしろとアピールしてきた。

椅子に座ると、守護獣達は我先にとタクマの身体に飛び乗る。

ヴァイス、ゲール、ネーロはタクマの太もも。アフダルは右肩。左肩にはレウコンが乗った。そして、ブランはいつもの定位置である頭の上だ。

「ねえ？　さすがにすごい事になってるわよ」

タクマの向かいに座る夕夏は、そんなタクマの姿を見て苦笑いを浮かべる。

「確かにすごいよな。まあ、たまにはこういう日もあっても良いさ。ヴァイス達はいつも子供達にとって良い兄ちゃんをしてるしな」

タクマは小さくなった守護獣達を撫で、笑みを浮かべる。タクマと守護獣達の仲に影響されたのか、マロン達も夕夏にベッタリし始めた。

普段、守護獣達は家族達の目もあって、そこまで甘える事はない。だが、大きくなったとはいえ彼らもまだ子供なのだ。

タクマと夕夏は、守護獣達が満足するまでスキンシップを続けた。結局、彼らは数時間の間も甘え続けるのだった。


辺りが薄暗くなると、ヴァイスは久々に牛丼が食べたいと言う。タクマと自分だけだった頃を思い出し、みんなと食べたいらしい。

「アウン！（父ちゃんと一緒に食べたら美味しいんだよ！　だったらみんなで食べたらもーっと美味しいでしょ？）」

ヴァイスの思い出の味が牛丼だと分かって、夕夏は思わず笑ってしまう。

「ねえ、タクマ。料理が面倒で出来合いの物ばかり買っていたんでしょう？　……そのせいでヴァイスの好物が牛丼になっちゃってるじゃない」

「まあ、俺とヴァイスだけだった頃は……色々ありすぎて余裕がなかったんだ」

タクマは、ヴェルドミールに来たばかりの頃を思い出した。

当時は自分の力に振り回されていて、まったく余裕がなかった。たくさんの厄介事にも巻き込まれていた。

タクマはその頃の事を、夕夏に話していく。

「なかなか濃密な時間だったのね……」

「そうだな……すごく濃密だった。あの頃は、この世界でどう生きていけばいいか分からなかったんだ。でも、俺にはヴァイス達がいる。彼らがいてくれるからこそ、今があると思ってる。きっと一人ではろくでもない人生を送っていたと思うよ」

タクマは守護獣達を優しく撫でながら、本心を口にした。

「そう、ヴァイス達はあなたを救ってくれたのね」

タクマが変わった理由は、守護獣達にあった。彼らが、孤立しがちだったタクマに触れ合う事の大切さを教えてくれたのだ。

「ヴァイス達がいなければ、家族を持つ事もなかったと思う。幸せだよ。ヴァイス達が俺のもとに来てくれて。だからこそおまえとも再会できたし」

タクマは夕夏の手を取った。

「生きる世界は変わったけど、俺の傍にはお前がいる。そして、ヴァイスを始めとした守護獣が傍にいて、新しい家族もできた。それに、友と呼べるような存在もできたな。俺は少しは真っ当な人間になれたのかな？」

自問自答するようなタクマの言葉に、夕夏は笑みを浮かべて手を握り返す。

「そうね。とても人間らしくなっているわ。でもこれからよ。これからみんなで一緒にもっと幸せになりましょう」

夕夏はそう言って、タクマの目を見つめる。

しばらく見つめ合っていると、タクマの太ももから可愛い腹の音が響いてきた。

「フフフ……みんなお腹空いちゃったのね」

「悪いな。すぐに用意するからな」

タクマはお腹の空かせた守護獣達のために、異世界商店で懐かしの牛丼を買うのだった。

食事を終えた守護獣達は、幸せそうな顔でタクマに寄り添う。
タクマは彼らを撫でながら口を開く。

「幸せだな……怖いくらいに幸せだ」

「何？　急に？」

唐突に出たタクマの言葉に驚いた夕夏は、タクマの顔を覗く。

「いや……家族のために考えを巡らせたり、ヴァイス達とこうしていたりするとたまに思うんだよ。すごく幸せだって。子供を引き取り始めた時は、ここまでの規模になるとは考えていなかったしな」

「でも、こうなったからこそ、幸せを感じてるんじゃない？」

夕夏は笑みを浮かべながら、タクマの行動は間違ってはいないと伝えた。

湖畔に住む家族達は、いつも楽しそうに笑っていた。家族達は皆、過去にとても辛い出来事を経験している。その彼らが笑っている限り、タクマの行動は間違ってはない。夕夏はそう言って笑いかける。

「あなたには、私を含めてたくさんの家族がいるわ。だから、少しは落ち着いたみたいだけど、前みたいな短絡的な行動は気を付けてね。あなたが家族に危害が加えられる事を嫌うように、あなたに何かあったら、家族のみんなが悲しむわ」

タクマが家族を思うように、家族もまたタクマを心配しているのだ。いくらタクマが強く、負ける事はないとしても、心配なものは心配なのだと夕夏は訴えた。

「確かにそうだよな。俺が必ず無事だという保証は何もないか。分かった。これからはしっかりと考えて行動するようにするよ。まあ、これでも考えるようになったんだけどな」

タクマがそう言うと、夕夏は嬉しそうにした。

タクマは「……でも」と言って話を続ける。

「家族達に危害があった場合……俺は冷静さを保てる自信がない」

タクマが家族に対して並々ならぬ思いを持っているのは、夕夏は日本にいる時から知っている。

タクマはずっと家族の愛に飢えていた。それがヴェルドミールで家族を得たのだから、タクマがそう言うのも理解できる。

夕夏が黙ってタクマの話を聞いていると、守護獣達が口を開いた。

「アウン（母ちゃん大丈夫。父ちゃんは俺達が守るよ）」

「ミアー！（そうそう。僕達がいれば大丈夫！）」

「ピュイ（私達はそのためにいるのですから、ご安心ください）」

「キキキ！（ここにいる人達は家族だから絶対に守るー！）」

「クウ！（ここにいる人達はみんな大好き。だから頑張る！）」

「……（父上は絶対守る……家族のみんなも大事……）」

守護獣達はタクマが一番好きだが、タクマの家族達も大好きなのだ。その家族のためには力を惜しまないとはっきり口にした。

「そう……みんなを守ってくれるのね。タクマは素晴らしい子達と絆を持ったのね」

夕夏は、タクマの守護獣達を優しく撫でてやった。感化されたマロン達も守ると主張すると、ヴァイス達は一緒にみんなを守ろうと声を上げる。

「みんながいれば安心ね。頼りにしているわ」

「ああ、お前達がいれば安心だな」

タクマと夕夏はそう言って笑い合う。

夜も更けてきたので、寝る事になった。

テントは設置したのだが、守護獣全員は入りきれない。結局、皆で外で寝る事にして、ヴァイスに大きくなってもらった。

異世界商店でシートを買って地面に敷くと、夕夏と一緒に座る。

小さくなったままのゲール達、そして鼠の従魔であるシンザは二人の身体に身を寄せる。

牛の従魔のマロンと羊の従魔のフルウムは身体が大きいため、ヴァイスの近くで身体を休めるように伏せてもらった。

最後にヴァイスにタクマ達を包みこむように地面に座ってもらった。

「わあ……フワフワ。これなら良く寝られそうね」

「ああ、そうだな。動物好きな人間から見たら、最高な環境だよな」

こうしてタクマと夕夏は、ヴァイスの身体に包み込まれて眠りにつくのだった。

翌朝、タクマと夕夏はぐっすりと寝ていた。

周囲が明るくなり始めると、遠くから子供の声が聞こえてくる。

「……こっち？」

「うん。あ、見えてきたー。ほら。やっぱり祠にいたでしょ」

子供達は声を抑えて祠へ近づいていく。

ヴァイス、フルウム、マロンは子供達の声で起きたが、それ以外は完全に熟睡していた。タクマも夕夏も守護獣達を完全に信頼しているのだ。

子供達が小声で聞く。

「おはよ、ヴァイス。楽しかった？」

ヴァイスは声を上げずに頷く。

「ふわー。お父さん達、気持ち良さそうに寝てるね」

「何か幸せそう。ヴァイスの毛は気持ちいいからかな」

タクマ達の寝顔を見て、子供達は羨ましそうに微笑んだ。ヴァイスは子供達が入れるようにゆっくりと隙間を開けた。

子供達はヴァイスに尋ねる。

「良いの？」

見てるだけのつもりだったが、子供達はタクマ達に近づく。

子供達がタクマの近くに寄り添ったのを確認すると、ヴァイスは再び全員を包み込んだ。

「わあ……フワフワ……これは……眠く……なるね……」

ヴァイスのフワフワの毛と温かい体温で、子供達はすぐに眠りについてしまう。

二時間後、子供達が増えているのを見たタクマは目を丸くして驚くのだった。

第②章　商会の正式稼働直前

14　商会の方針

祠に泊まった翌日。

タクマは呼びに来たはずの子供達を起こしてから、一緒に自宅に戻った。自宅で朝食を済ませると、タクマはアークスとともに執務室へ移動する。

「タクマ様。早速ですが、ご自分の結婚式の準備を始めてはいかがでしょうか？」

商会の事業として商店、食堂、宿が形になった今、次はタクマ自身の幸せのために動くようにと、アークスは進言した。

「だが、まだ開店はしてないんだぞ。せめて開店までは手伝った方が……」

タクマがそう言うと、アークスは首を横に振る。

「商会の長が現場に出てどうするのですか。報告を聞いて、事業を進める方針を出すだけで良いんです。そして、何かあった時だけ動けばいいかと」

「……そういうもんか？」

「ええ、そういうものです。部下に任せるのも大事な事ですよ」

今までは商会という形をとっていなかったため、タクマ自身が行動してきた。だがこれからは、多くの人を使っていかなければならないのだ。

「確かにタクマ様自身が行動した方が良い案件もあるでしょう。建物を用意したり、必要な道具を用意したりといった時に動くのは構いません。ですが、人に任せられる事は任せてください。その方が、従業員達のやる気も出ますから」

タクマは、アークスの説明を黙って聞いていた。

確かに商会のトップが先頭を切って動いてしまえば、他の従業員達のモチベーションは低くなるだろう。

その事に気が付いたタクマは、アークスに告げる。

「じゃあ、方針だけ伝えておくから、後はプロックと話し合ってもらっていいか？　必要な人材の条件は分かっているだろうから任せるよ。ただ、報告だけは密にしてくれ」

「はい。お任せください」

タクマの出した方針は簡単なものだった。

1. 現状は、予定している貴族向けの商店及び、宿と食堂だけで他の業態を増やさない
2. 各店の運営方法は、各責任者とともに話し合って決める
3. 毎日の報告書を忘れない

4．何かあればすぐに連絡する
5．各店の責任者は、決まった事をしっかりとブロックに相談をする

「こんなところかな。後は元暗部の連中だが、あいつらも畑仕事だけだとつまらんだろうから、定期的に内部調査するように言っておいてくれると、なお良いかもしれないな」

タクマは、伝えた方針を勝手に変えられてしまうのを防ぐため、元暗部の者達に仕事を依頼する事にした。

アークスも同意をしてくれたので、しばらくはその方針で行く事になった。

「じゃあ、方針も決まった事だし、俺は式の準備をする事にするよ。とりあえず夕夏とコラル様の所に行ってくる」

「分かりました。商会の方はお任せください」

話が終わったタクマは、リビングへ戻っていく。夕夏はエルフの赤ちゃんの有希(ゆき)をおんぶしながら、使用人達と食器の片付けをしていた。

「夕夏。ちょっとコラル様の所へ行こう。仕事も一段落したし、式の事を話し合わないと」

タクマがそう言うと、夕夏は嬉しそうな笑みを浮かべた。

「分かったわ。ちょっと待ってね。すぐに終わるから」

自分が担当している片づけを終わらせてから行こうとする夕夏に、使用人の一人が声を掛ける。

「夕夏様。ここは私達がやっておきますから、タクマ様とお出かけになってください」

「え？　でも……」

「良いのです。普段から夕夏様はお手伝いをしてくれますが、本来はそのような事はしなくてもいいのです。タクマ様は私達も家族として扱ってくれますが、これは私達の仕事。夕夏様はご自身の幸せのために動いてください」

使用人達は全員頷くと、出かけるように夕夏を促した。

「あ、ありがとう。じゃあ、お言葉に甘えてそうさせてもらうわ。みんなありがと」

夕夏は使用人達にお礼を言うと、手を拭いてタクマの前に来た。

「お待たせ。じゃあ、行きましょ」

タクマと夕夏は玄関から外へ出て、そのままコラル邸へと跳んだ。


コラル邸の庭に到着すると、家令として働いている、アークスの息子が出迎えてくれた。

「タクマ様。いらっしゃいませ。コラル様もお待ちですので、早速執務室へ」

執務室では、コラルが目にクマを作って仕事をしていた。

どうやら独立領の関係で、仕事が倍増しているようだ。

「タクマ殿と夕夏嬢……それと有希ちゃんか。ちょっと座って待っていてくれ。もう少しで一段落するから」

タクマ達はソファーで待つ事にした。夕夏は有希を降ろして、楽しそうに遊んでいる。

タクマはコラルの疲れが気になったので、差し入れをする事にした。

【魔力量】　：∞
【カート内】
・元気一発栄養剤（100㎖　10本入り）×5　：6000
【合計】　：6000

決済してテーブルに取り出す。ちょうどコラルが一段落したタイミングだった。

「待たせたな……ん？　なんの箱だ？」

「ちょっとお疲れのようですし、差し入れをと思いまして」

タクマがどういう物か説明すると、コラルは苦笑いを浮かべつつも、快く受け取ってくれた。

そして早速箱を空けて一本取り出し、蓋を開けて一気に呷(あお)った。

「なんとも言えん味だな……」

慣れない味に顔をしかめるコラル。だが、すぐにその様子に変化が起きる。

目の下にあったクマが消え、顔面の血色が良くなったのだ。

「これは……身体の怠(だる)さも取れている……」

コラルはタクマに感謝を伝える。

「良い物をありがとう。これで乗りきれるだろう。まあ、それは良いとして、二人で来たという事は、ようやく式の話ができるのだな」

コラルは嬉しそうにするのだった。

15　日程

「まず式の日取りだ。ざっくり一か月以内としていたが、三週間後に行う事にした。来週には宿も始まると報告も上がっているので、三週間もあれば町も落ち着くだろう」

なお宿のオープンと同じ日に、トーランの独立領化と商会の御用達を宣言する事になっているという。

その事を急遽伝えられたタクマはため息を吐く。

「はあ……随分と慌ただしいんですね」

「ああ。御用達の宣言に関しては、宿のオープン時にはしておきたいとの事だ。そうすれば余計な事をしでかす者が出なくなるだろう。独立領化の宣言は、同時にやった方が色々と手間が掛からないのだ」

続けてコラルは、宣言に際してある魔道具を使うと言った。その魔道具というのは国が持つとっておきなのだそうだ。

タクマが不審げに尋ねる。

「とっておきですか……」

「ああ、ダンジョンの秘宝の一つで、そうした秘宝の中では珍しく危険のない物だ。王国が宣言を行えば、全ての領へ同時に伝えられる」

それは現代では失われた魔法が込められた魔道具で、親機の魔道具から子機の魔道具へ一斉に言葉を発信できるという仕組みだった。

「まあ、そういう物があるのだと分かってればいいのだ。それよりも、君達の式についても話していかねばなるまい」

次いで、タクマと夕夏の式までの流れの話になる。

「結婚式はかなり盛大なものとなる。気が向かないかもしれんが、タクマ殿が国を救った者だという事を明かす。秘匿するのも検討されたが、今回は独立領化など色々あるため、情報を表に出す必要があったのだ」

タクマの存在は王国の秘匿事項に入っていたが、隠す事で憶測を呼ぶという判断から、多少の情報を出す事にしたという。ちなみに、来歴などを少しだけ明かす程度に留めるとの事だった。

「そんなわけで、君の名前はある程度出てしまうわけだ。だがそれによって、多くの民が祝福してくれるだろう」

盛大になるとは聞いていたが、ここまでとは思わなかったタクマは顔をしかめた。ただ、自分がやらかしてきた結果なので何も言えない。

コラルは笑いながら話を続ける。

「そう嫌そうな顔をするな。悪い事だけではないのだから」

今回の宣言によって、タクマの関係者に危害が加わる危険が減るという。タクマの商会やタクマの家族に手を出した場合、パミル王国を敵に回す事になるのだ。

「ここまでは良いな？　それではリハーサルについて説明していこう。二週間後に行うのだが、新郎新婦の動き、ヴァイス達の役割などを確認する」

今度はリハーサルの話になった。リハーサルでは式当日の動きを実際にやってみて、流れにおかしな点がないか確認していくそうだ。

「通常は教会でしかやらない。だが、今回の式は食堂から教会への移動がある。だからこそリハーサルは必要だ」

コラルの話を聞いていた夕夏は戸惑っていた。

夕夏もタクマと同じで、あまり派手な事は好まない。タクマと結婚できるなら、家族達だけで式を挙げる形で良いと考えていたのだ。

夕夏の困惑げな表情を見たコラルは、安心させるように話しかける。

「夕夏嬢。君も派手な事を好んでいないようだな。だが、タクマ殿は王国にとっては救世主といってもいい。そのタクマ殿が夕夏嬢という伴侶を得るのだ。せっかくの結婚式だ。楽しんではいかがかな？」

「え、ええ。そうですね……」

夕夏は表情を和らげた。

コラルの説明した式の流れは、次のような感じだった。

食堂で着替えを済ませ、特注の馬車に乗って教会に移動。馬車を引くのはヴァイスとゲールだ。馬車の上にいるタクマ達の傍には、子供達と守護獣達もいてもらう。教会前に到着すると、歩いて教会の中に入る。そして中で結婚の儀式を行うというものである。

なおこの流れはすでにタクマ達に説明済みであり、その時から変更はなかった。

「儀式が終わった後は、教会の外に出て皆に挨拶をしてもらう。その後、再び移動して食堂に戻ってからパーティーだ」

コラルの説明を聞き終え、タクマは短い間にここまでしてくれたコラルに感謝を伝えた。

コラルは笑って言う。

「良いのだ。君が私を兄みたいだと言ってくれているのと同じように、私も弟ができたようで嬉しいのだ。弟の幸せを喜ばん者はおるまい？」

タクマは穏やかな笑みを浮かべた。

その様子を見ていた夕夏は、男同士の友情に少しだけ嫉妬を覚えるのだった。

16　デート

コラルとの打ち合わせを終えたタクマと夕夏は、湖畔には戻らずにトーランを歩く事にした。

コラル邸を出たところで、夕夏が口を開く。

「ねえタクマ。いよいよね、私達の結婚式」

「そうだな。ようやくだ」

ヴェルドミールに来て、タクマが一番驚いた事は夕夏の生存だった。ヴェルドと伊邪那美命から言われた時、彼の心は躍ったものだ。

「ヴェルド様に夕夏の事を聞いた時は、自分の耳を疑ったよ。同時に歓喜する自分を抑えられなかった。それで絶対に再会して、もう一度プロポーズをって考えていたんだ」

照れくさそうに言うタクマに、夕夏はうっすらと目を潤ませる。

「嬉しい。私も未来予測のスキルであなたがこの世界に来ると分かった瞬間、光が差した気がしたの。だからこそ危険があった封印魔法を使ったの。ギリギリだったけど、こうしてあなたの横にいられる」

夕夏はそう言って、タクマの腕にしがみついた。

「でも、びっくりしたわ。あなたが子供を引き取って育てているのもそうだけど、色々な境遇の人達を引き連れて、家族を作っているなんて……」

夕夏はタクマによって封印を解かれた後、すぐに家族達の所へ連れていかれた。家族達は、タクマが不在の間もとても良くしてくれた。特別扱いするのではなく、家族の一員として迎え入れてくれたのだ。子供達も母と慕ってくれた。

夕夏はそんな当時を思い出しつつ言う。

「封印を解かれてから、本当に幸せよ。これからもよろしくね」

涙を浮かべて笑う夕夏。

その顔は、タクマにとってとても美しい物に感じられた。

「ああ。俺こそよろしくな」

笑い合って腕を絡める二人。

久々にデートし始めたタクマと夕夏は、そのまま孤児院へ向かう。午前中のこの時間は、子供達が体術の授業を受けているはずだった。

夕夏はタクマに話しかける。

「最近、私も体力がついてきたと思うんだけど、私と一緒の時は、子供達は手加減しているみたいなの。だけど、孤児院の授業をしている時なら、あの子達の本気が見られるかなって」

「なるほどな。俺も授業をまともに見た事はなかったから興味あるな。魔力を封印した状態でどこまで動けるようになったか楽しみだ」

孤児院に到着した。

孤児院の庭では、子供達の勇ましい声が響き渡っている。

「やあ！」

「ふふん！　当たらないよー！」

タクマ達の目に入ってきたのは、子供達が一対一で組み手をしているところだった。ただ、普通の子供が遊びでやるようなものとは違っていた。

夕夏は驚きの声を出す。

「……ねえ、あれって子供の動き？」

「違うな。どういう事だ？　魔力を封印する前の動きみたいだ」

組み手をしているのは、タクマの家族の一員である犬人族のブロンと人族のスモーキーだった。

二人はまだ五歳にもかかわらず、ベテラン冒険者のような動きをしている。

タクマと夕夏が見入っていると、その場にいた犬人族のマリンが気付き、二人の所へ走ってくる。

「おとーさん！　おかーさん！」

手を振りながら近づいてくるマリンに、手を振り返す夕夏。

マリンがニコニコしながら尋ねる。

「どうしたの？　お仕事おわったの？」

「今日のお仕事は終わりよ。だからみんなが頑張っている姿を見に来たの。ね、タクマ？」

話を振られたタクマは、戸惑いを見せないように言う。

「みんな、すごく頑張っているみたいだな。ブロンとスモーキーの組手はすごく見ごたえがあったよ」

「うん！　わたしたち、早くつよくなって、おとーさんやおかーさんを守るの！」

タクマは、嬉しい事を言ってくれるマリンの頭に手を載せる。

「ありがとう。いつか守ってもらう事になるだろうな。ただ、焦らなくていいんだ。ゆっくり大人になってくれればいいんだよ。あんまり早く大きくなっちゃうと、俺達は驚いてしまうからな」

「えへへ」

マリンは、タクマに撫でられて嬉しそうに笑う。

「さあ、ここで見ていてもしょうがないし、もうちょっと近い所で見よう」

タクマがそう言うと、マリンは二人の手を引っ張ってカイルの所へ連れていった。

カイルは不思議そうな表情で、タクマに尋ねる。

「どうした？　二人で見学なんて初めてじゃないか？」

「ああ、結婚式の打ち合わせが早く終わったから、子供達の様子をと思ってな。で、ブロンとスモーキーの組手を見てたんだけど……どういう事だ？」

タクマが、子供達の魔力を制御する封印が解けているのではないかと聞くと、カイルは真剣な表情で答える。

「封印は解けてない。魔力の制御が上手くなった事で、身体強化を効率的に使えるようになったんだ。だから身体に悪影響が出る事はないさ」

タクマが考えている以上に、子供達の成長は早かったようだ。子供達はスポンジが水を含むように、知識・技術を吸収しているらしい。

カイルがニヤニヤとして、タクマに話しかける。

「ところでお前達、仲が良さそうだな。改めてそういうところを見ると、お前も人間だったんだと痛感するぜ」

カイルは、タクマと夕夏が仲が良いところを見られて嬉しかった。タクマは笑みをカイルに向けると、夕夏の腰に手を回して引き寄せる。

夕夏は驚いたが、怒る事はなく照れくさそうに笑う。

それを見たカイルと子供達は、これから結婚を控えた二人を祝福するように囃し立てるのだった。

◇　◇　◇

その後、タクマ達は木陰で子供達の雄姿を見学する事になった。

ふと、タクマと夕夏の視界の隅にシスターのシエルの姿が映る。シエルの目線はカイルにロックされていた。

それに気が付いた夕夏が、タクマの服を引っ張る。

「ねえ。気付いてる？　あれ？」

夕夏はタクマに、シエルの方を見るように促す。

「気付いているけど、どうした？」

「シスターさん、カイルの事好きなのかしら？」

「どうかな？　あの様子を見る限り、シエルは好意的だと思う。でもカイルはどうだろうな？」

恋愛事に鈍い（にぶ）タクマでも、シエルの視線がカイルに好意的なのは分かった。だが、恋愛は一方通行では成り立たないのだ。

「そうねぇ。あ！　今、カイルの目線がシスターに向いたわ！」

夕夏はカイルの視線を追っていた。そして彼が視線をシスターに向けた瞬間、二人がお互いに好意を持っている事を察した。

「子供達を監督しながらも、シスターにも気を配るなんて。カイルってばイケメンね」

その時、シエルの目線がタクマと夕夏の方へ向く。

タクマは慌てて、夕夏を注意する。

「夕夏、見すぎだ。シエルに気付かれたぞ。まったく、気まずそうじゃないか」

タクマは木陰を離れ、カイルの所へ移動する。

「カイル、俺達はちょっとシスターに挨拶をしてくる。また後でな」

タクマの言葉を聞いたカイルは、急にそわそわし始めた。

タクマは夕夏のもとに戻ると、連れ立って孤児院の建物へ向かって歩き出す。タクマの表情を見て、夕夏は笑みを浮かべる。

「何かカイル慌ててたわね。いい感じじゃない？」

確かにカイルの方もまんざらではないようだった。タクマもそう思っていたが、夕夏に釘を刺しておく。

「夕夏、あんまり騒ぐなよ。せっかくいい感じで事が進んでいるようだし、台なしになったら最悪だろ？」

「分かってるわよ。でも、カイルとシスターならお似合いだと思わない？　イケメンに美女、目の保養になるじゃない」

二人が並んでいるところを考えると、とてもお似合いだというのはタクマも分かった。だが騒ぎ立てた事で、二人の関係が悪くなるのは避けたい。頼まれてもいないんだから見守っていこう。

「二人に協力は惜しまんが、頼まれてもいないんだから見守っていこう。それが一番いいと思うぞ」

「ええ、私もそのつもりよ。でも見て？　私達が歩き出したら、シスターが慌てているわよ」

楽しそうに言う夕夏を見て、タクマはため息を吐くのだった。


孤児院の玄関に到着をすると、シエルは二人を迎え入れた。

「タクマさん、夕夏さんいらっしゃい。今日はあの子達の授業を見に来たんですか？」

「そうですね。式の打ち合わせが終わったので、二人でぶらぶらとしてました」

シエルが感慨深げに言う。

「式の打ち合わせですか。では、もうすぐ結婚式なんですね……じゃあ、もうすぐなのね……」

意味深な事を口にしたシエルに、夕夏は遠慮なく突っ込んでいく。

「もうすぐ？　何か言いたい事でもあるの？」

「え？　いえ、あの……」

思わぬ夕夏の言葉に、当惑するシエル。

タクマが夕夏を咎める。

「夕夏……さっき話した事を忘れたのか？」

「分かってるわよ。でもシスターの言葉を聞いて、分かっちゃったの」

そう言って夕夏は、優しく微笑みながらシエルに話しかける。

「話したい事って、カイルとの結婚でしょ？」

夕夏が単刀直入に切り込むと、シエルは驚きで目を丸くする。

「え？　なんで……」

「分かるわよ。ここからカイルへの視線、それに加えてさっきの言葉。女の勘が、あなた達は結婚をするつもりだと告げているもの」

シエルはため息を吐いて、苦笑いを浮かべた。

「やっぱりバレちゃいますよね……カイルさんはまだ黙っていようって言ってたけど、見たら分かりますよね」

「お互いに見つめ合っていたら分かるわよ。私じゃなくてもね」

シエルは、カイルとの結婚を決めていたが、タクマと夕夏の式が終わってからそれを打ち明けるつもりだったと話した。

「彼は、お二人の式をとっても楽しみにしているんです。だから黙っていようって。タクマさんが聞いたら、合同で式を挙げようとか言い出しかねないって」

シエルの話を聞き、実際タクマは同じ事を考えていた。合同で式を挙げても面白そうではないかと。

シエルはタクマを見て、「……やっぱり」と口にした。

「その様子だと考えたみたいですね。だから、カイルさんは黙っていようって言ったんです。カイルさんは自分の事はさておき、タクマと夕夏さんを祝福したいそうです」

カイルの気持ちを知ったタクマは言葉を失う。まさか、そこまで自分の事を考えてくれていると思わなかったのだ。

「カイルの奴……そんな事気にしなくったっていいのにな」

「でも、彼の言う通りだと思うんです。お二人が幸せな式を挙げてくれたら、その幸せを分けていただいたうえで、改めてご報告させてください」

タクマと夕夏はカイルとシエルの気持ちを受け取り、ひとまず自分達の事を優先すると約束するのだった。

◇　◇　◇

シスターとの話を終えたタクマと夕夏は、孤児院の外に出る。

そして、ちょうど休憩時間になったマリン達に挨拶をして、失礼する事にした。

「あ、おとうさん！　もう帰っちゃうの？」

マリンは、タクマが最後までいてくれると思っていたので、悲しそうな顔を見せる。さっきまで模擬戦をしていたブロン達も同じような表情をした。

だが、自分がいる事で気を散らすのも良くないと思ったタクマは、一つ提案をする。

「お父さん達はまだトーランにいるつもりだから、みんなが終わる頃にまた迎えに来るよ。そうしたら一緒に帰ろう」

タクマの提案に、マリンを始めとした子供達は笑顔になる。

「ほんとに⁉　いいの？」

「ああ。たまには一緒に帰ろう」

「やったー！」

タクマが頷くと、子供達はタクマ達の目の前ではしゃぎ出した。

そのやり取りを見て、夕夏は笑みを浮かべる。

「本当にお父さんが好きなのね」

夕夏にそう言われ、マリンは満面の笑みで答える。

「うん、大好き！　おかあさんも大好きだよ！」

そうして子供達は、夕夏に抱き着いた。そんなふうにしてマリン達とじゃれていると、カイルが戻ってくる。

カイルは子供達に話しかける。

「さあ、休憩は終わりだぞ。最後の組手をしたら、孤児院の中で勉強だ」

早速、子供達は軽く準備運動をして、各自ペアを組んで組手を始める。

タクマはカイルに話しかける。

「カイル。今日は俺達が子供達を連れて帰るよ。お前もたまには、一人になってやりたい事もあるだろう？」

「まあな……じゃあお言葉に甘えるか」

カイルはそう言って、嬉しそうに笑った。


孤児院を出たタクマと夕夏は雑貨屋などを巡り、ゆったりとした時間を過ごす。

「ねえ。さっきの話だけど、カイルに自由時間を与えたのはシスターとの時間を作るため？」

夕夏は楽しそうな顔をしている。

「まあ、たまにはそういう時間も必要だろうしな」

シエルとの時間を作るだけではなく、カイルに伝えた通り、一人の時間も必要だろうと考えての事だった。

タクマは二人きりになったので、先ほどの夕夏の行動をたしなめる。

「夕夏。お前が面倒見がいいのは分かってるが、カイル達の恋愛事情に踏み込むのはいただけないぞ」

「うっ……確かにさっきはテンションが上がって踏み込みすぎたわ。ごめんなさい」

夕夏は自分でもやりすぎたのが分かっており、素直に謝った。

「俺に謝ってもしょうがないんだけどな。まあ、二人から話があった時にでも謝っておけばいいだろう。シエルも怒ってはいないみたいだったし」

「うん……ちゃんと謝るわ。どうしても仲良くしている人には幸せになってほしくて、踏み込んじゃうのよね」

夕夏は反省しているようなので、タクマはそれ以上言わなかった。

タクマ自身、カイルとシエルには幸せになってほしいのだ。どちらも家族のように思っている二人がくっ付くなら素晴らしい事である。

そうしてタクマと夕夏はじっくりとトーランを見て回るのだった。

◇

タクマが夕夏と束の間のデートを楽しんでいる頃、湖畔ではちょっとした異変が起きていた。

それに気付いたのは、ヴァイス達だ。

「アウン？（あれ？　縄張りに感じた事のない気配がある）」

「ミアー（でも、すぐに出ていったみたいだよ）」

「キキキ？（どうする？　なんか嫌な感じだったけど……）」

「クウ？（お父さんに報告する？）」

「……（……私達だけも対応可能。まずは偵察を……）」

ヴァイス、ゲール、ネーロ、ブラン、レウコンが話し合っていると、アフダルが告げる。

「ピュイ（では、まずは偵察をしてから考えましょう。私達でどうにかなるものであれば、事後報告で良いでしょうし、ご主人様の手が必要な場合は念話を送りましょう）」

この案に、みんな賛成した。

まずは、アフダルとネーロが上空から偵察を行う事になった。ヴァイス達はいつでも動けるように森で待機する。

アフダルは背中にネーロを乗せて現場に向かう。

湖畔の邸宅から50㎞離れた街道の近く、気配察知に反応があった地点には、かなりの人数が野営をしていた。

「キキキ？（あいつらかな？）」

「ピュイ（おそらくは。この辺で人間の気配はあの者達だけです）」

野営している者達は、貧相な装備を身に纏っている割に、動きが統率されていた。

そして野営の中心には、異彩を放つ装備をしている者が立っていた。

17　野盗

「くそ！　なんでトーランに入れないんだ！」

　野営をしている者達は毒づく。

「拡張工事中のトーランなら潜り込めると思ったのに」

　彼らは、拡張工事の隙を狙ってトーランに入ろうとしていた。だが、トーランの警備網に阻まれ、侵入できなかったのだ。

「大体、町に入る手続きの前に、警告されるってどういう事だよ」

　この者達は手続きする以前に、町に近づく事さえできずにいた。それで行き場所を失い、タクマの土地の結界近くまで来てしまったのである。

「あの警備だ。潜り込むのは諦めるしかない」

　野営をしている者の中で一番良い装備をした男――ボスがそう言って手に持つ酒を呷る。

「だけどよう……町に入るチャンスだったんだぜ？　町に潜り込んで、陰から色々するはずだったのに、また野盗に戻るのか……しかもこの森のモンスターヤバすぎだろ。様子を見に行った仲間も、もう半分になっちまった」

この者達は別の場所を縄張りにして野盗をしてきたが、すでに元の土地に戻るための食料等は残されていなかった。また彼らが迷い込んだのは、高ランク冒険者がようやく活動できる森であったため、半数以上モンスターに襲われて死んでしまった。

「で、ボス。どうするんだ？　戻るか？」

部下の一人が提案する。

だが、ボスは首を横に振った。

「それはリスクが高すぎるだろうな。この街道は一本道なうえに逃げ道がない。万が一抵抗にあってこっちが不利になった時、森に入ったらモンスターや獣の餌食(えじき)だ」

「じゃあどうするんだよ!?　このまま放浪するってのか！　俺達は町に入る事もできない！」

取り乱す部下に、ボスは一段低い声を出す。

「……黙れ……」

「!!」

ボスは目を細めて部下を見据える。その目はとても冷酷そうだった。

部下が黙り込んだのを確認すると、ボスはゆっくりと話し出す。

「お前に言われんでも分かっているんだよ。トーランに入り込めなかった時点で、俺らはほぼ詰んでいるんだ。だが、生き残るためには行動しないといけない」

そう言ってボスが提示したのは、一旦トーランの近くまで戻って、町に入ろうとする商人達を襲うという計画だった。そうすればある程度の食料は確保できる。

「町の警備は森にまで来ない。ここにいても危険なんだから、いっそトーランの近くで商人を襲った方が確かだろ」

その言葉に、部下達は冷静さを取り戻して同意する。

「だな！　警備の奴らは森に慣れてないだろうし、商人も町が近くなって安心してるタイミングだ。これなら上手くいくかもしれねぇ。さすがボスだぜ！」

うんうんと頷く部下達に、ボスは得意満面な顔で指示を与える。

「そうと決まれば、今日はここでしっかりと休んで、明日からトーランに再び向かう。トーランから２㎞離れた辺りに潜伏しよう」

その後、野盗の一行は、襲撃に備えて身体を休めるのだった。

しかし、彼らは分かっていなかった。

ここには、国を落とせてしまうような存在がいる事を……

◇　◇　◇

上空で、アフダルとネーロが野盗達を観察している。

（さて、状況は把握できましたね。どうやら犯罪者の集団のようです。森のモンスターにやられて

しまうようですし、放っておいても土地を荒らす事はないでしょうが、トーランの住民に不安を与えかねません）

アフダルが念話で伝えると、ネーロも同意する。

（商人を襲うって言ってるけど、オイラ達が黙ってるわけないじゃん。あいつらが移動する前にやっつけよう）

ネーロがやる気を見せると、アフダルはそれを押し止める。

（その前に、守護獣達で情報共有したうえでご主人様に報告しましょう。ご主人様の迷惑になってはいけませんから）

（分かったー。とりあえず合流だね）

こうしてアフダルとネーロは、仲間が待機する場所へ向かった。

「アウン？（じゃあ、悪い奴なの？）」

ヴァイスが問うと、アフダルとネーロが答える。

「ピュイ（ええ。野盗のようです。明日にはトーラン付近に移動して、商人を襲撃するつもりのようですね）」

「キキキ！（このまま放っておいたらトーランの人に迷惑がかかるし、町に来る人が襲われちゃう。今のうちにやっつけちゃわないと！）」

再びやる気を見せるネーロを、アフダルは落ち着かせる。

「ピュイ（ネーロ。落ち着いてください。ご主人様に報告をしてから、行動を決めようと言ったじゃありませんか）」

ネーロは独断で勝手に行動しようと考えているのではない。ただ、ちょっとせっかちなだけなのである。

ゲール、ブラン、レウコンがネーロをたしなめる。

「ミアー（ネーロ。悪い奴は捕まえるけど、勝手にやっちゃうとお父さんが困っちゃうよ。だから、ちゃんと報告をしてからやろう？）」

「クウ（そうだよ。慌てて行動すると失敗するよ。何人もいるんだから冷静にいこ？）」

「……（報告と、連絡、相談は大事……）」

カッとなっていたネーロは冷静を取り戻す。

「キキキ（分かった。ご主人に報告しよう）」

ひとまず情報共有を終えた守護獣達は、タクマへ報告する事にした。アフダルが代表で念話を送る。

タクマは一通り話を聞き、感想を言う。

（……なるほどな。そんな輩がいるのか）

（はい。その者達は明日にもトーランへと向かうそうです）

タクマは、守護獣達に少し待つように指示を与えた。制圧するのは賛成だが、その前にコラルにも伝えておきたいと考えたのだ。

(分かりました。いつでも行動に移せるようにしておきます)

アフダルはそう言って念話を切ると、タクマの指示を全員に聞かせた。

「アウン(分かったー。制圧するのは決まったみたいだし、連絡が来るまでにある程度近くまで行こう)」

「ミアー(そうだね。お父さんの指示が来たらすぐに動けるようにしよう)」

守護獣達は速やかに行動を始めた。

◇◇◇

「ふんふーん」

「おとうさん！　こっちー！」

孤児院での特訓を終えた子供達と、合流したタクマと夕夏。彼らは連れ立って、屋台巡りをしていた。子供達から、今日の晩ご飯は屋台で食べたいと言われたのだ。

「ほら。よそ見していると転ぶぞ」

「大丈夫ー！」

子供達の嬉しそうな顔を見ながら屋台を巡っていると、タクマにアフダルからの念話が届いた。

タクマは僅かに表情を曇らせ、そしてすぐさまアフダルに指示を与える。

そんなタクマの事などお構いなしに、子供達は手にいっぱいの食べ物を持ってタクマの所へ集まる。

「そろったー！」

「お、美味しいの選んだか？」

「うん！　ぜったいにおいしい！　だっていい匂いするもん！」

実際、子供達が持っている食べ物からはいい匂いがしていた。タクマは子供達を撫でると、持っている食べ物をアイテムボックスへ仕舞った。

そして、少し用事ができた事を告げる。

「買い物が終わったら湖に帰ろうと思ってたんだが、コラル様に報告する用事ができてしまったんだ。すまないが、一緒に来てもらっていいかな？　すぐに終わらせるから」

タクマがそう言ってすまなそうな顔をすると、全員頷く。

「はーい！　ぼくたち、ちゃんと待っていられるよ」

「ありがとう。じゃあ、早速行こうか」

タクマは、夕夏と子供達と手を繋いでコラル邸へ歩き出した。

到着すると、門番はタクマ達を中へ通した。

使用人にコラルに急ぎの話があると伝えると、すぐに皆揃って応接室へ案内される。それからタクマは一人で執務室に移動する。

「入ってくれ」

執務室に入ると、コラルはタクマの方に顔を向ける。

「どうしたのだ？　何やら急ぎという事らしいが……」

「はい。俺の土地から近い街道で、野盗を発見したと報告がありました」

タクマはアフダルからの報告をそのまま伝えた。

コラルの表情が厳しくなる。

「野盗達がトーランに来るというわけだな？」

「ええ。町の近くで商隊を襲う計画を立てているようです。今はヴァイス達が制圧のために動いています」

タクマの守護獣達が制圧のために行動していると聞き、コラルは表情を緩めた。コラルは念のため、野盗達を殺さないようにと伝える。

「処罰はこちらでやる。手間はあるだろうが、生かして連れてきてほしい」

「それは構いませんが、生かしておいてもどうせ死罪なのでは？　だったら……」

「殺した方がいい、と言うのか？」

コラルはタクマの言葉を代弁した。

だが、コラルには考えがあった。

「野盗がどこで活動していたか聞き出す必要があるんだ。それに、君達が手を汚す必要はない。生かしてこちらへ渡してもらえれば、然るべき対応をする」

タクマは、コラルがヴァイス達の事を大事に思ってくれていると分かって嬉しくなった。

「お気遣いありがとうございます」

「良いのだ。私が勝手にそう思っているだけだしな。それよりも、殺さずに制圧はできそうか？」

「問題ありません。ヴァイス達はしっかりとやってくれます。では、ヴァイス達に制圧の許可を出してもいいでしょうか？」

タクマが守護獣達を動かす許可を求めると、コラルは静かに頷く。

「頼む」

コラルから許可をもらったタクマは、早速アフダルに行動開始の許可を出すのだった。

◇　◇　◇

クマから制圧許可を受けた守護獣達は、野盗達から１㎞ほど離れた場所で待機をしていた。

「アウン（狩りの時間だ）」

「ミアー！（やるよー！）」

「キキキ！（ふふん。あっという間に終わらせてお家に帰ろー！）」

「クウ？（褒めてくれるかな？）」

「……（きっと撫でてくれる……）」

アフダルは、全員に再度注意をしておく。

「ピュイ（いいですね？　今回は制圧です。殲滅ではありませんから、しっかりと頭に入れておいてください。全員生かしたまま無力化して、ご主人様に引き渡すのですから）」

守護獣達はしっかりと頷く。

「ピュイ（対象はボスを中心に固まっています。まずは周囲の雑魚を制圧します。ボスも脅威ではありませんが、多数で動かれると面倒です）」

アフダルの作戦は、雑魚をあらかじめ減らしておくというものだった。強大な力を持つ守護獣だが、彼らに油断はなかった。

「クウ（じゃあ、僕とレウコンで外にいる人を拘束しちゃうね）」

「……（任せて……みんなは一番強い奴をお願い……）」

ブランとレウコンはそう言って、雑魚の相手に名乗りを上げた。

「アウン？（大丈夫？　みんなでやってもいいんだよ？）」

ヴァイスがそう問うと、ブランとレウコンは首を横に振る。

「……（大丈夫……任せて……私達が制圧をしたら、みんなはボスをお願い……）」

「クウ（終わったら念話を送るから、みんなは野営地を囲むように待っていて）」

二匹はそう言うと、野盗のいる野営地に移動を始めた。

「ピュイ（ブランとレウコンに任せましょう。ヴァイス達は言われた通り包囲を。私は上空から様子を窺いますうかが）」

アフダルの言葉をきっかけに、ヴァイス達は行動を始める。


その頃、野盗達は集合して休んでいた。

「森の反対側も、中に入ると危険な事が分かった。浅い場所なら大丈夫そうだが、これ以上被害を出すわけにはいかん。一泊したら、予定通りトーランへ移動を開始する。今日は早めに休んで力を温存しろ」

ボスの言葉に、部下達は黙って頷く。

部下達は簡単な食事を取って、各々休み始めた。ボスも自分のテントへ入っていく。

「クウ（テントに入ったね）」

「……（うん……始めよう）」

ボスの動きを確認したブランとレウコンは、早速制圧を始める。

まずブランがテントを中心に弱体化魔法を行使した。筋力と体力を限界まで弱めるイメージだ。

魔法を行使してすぐに、野盗達の身体には異変が起きる。

「ひゅっ……」

声を出そうとするが、言葉にならない。喉の筋力が弱体化されているため、声を出せないのだ。

(なんだ？　何が起こっている？　力が入らない！)

辛うじて動く目を動かして周囲を見ると、仲間達も同じような状態になっていた。

ブランとレウコンは魔法の効きを確認すると、次の行動に移る。

「……(じゃあ、次は毒だね……)」

レウコンは毒魔法を行使した。若干の息苦しさと痺れを感じた後に失神をするように、効果をイメージしている。

(今度はなんだ……身体が痺れて苦しい！　何かに襲われて……)

野盗達が無力化されていった。

「クウ！(成功だね！)」

「……(問題なし……)」

時間を掛けずに雑魚を制圧したブランとレウコンは、アフダルに念話を送る。制圧した野盗達を移動させておくためだ。

(制圧完了……ボスの制圧の邪魔だから、移動させてほしい)

(分かりました。私が移動させましょう)

レウコンの要請を受けて、アフダルは風魔法で野盗達を浮かべた。テントから20ｍほど離れた辺りに、野盗達をまとめておく。

アフダルは、ネーロに指示を与える。

（ネーロ。雑魚の制圧は完璧に済みました。ボスはヴァイスとゲールに任せて、野盗を拘束してください）

（えぇー？　おいらもボスの方をやりたかったー）

自分の活躍の場を失ったように感じたネーロは、アフダルに抗議する。

（何を言っているのです？　拘束するのも活躍の場ではないですか。このまま気が付かれて暴れられでもしたらどうするのです。ご主人様ならこうした事もしっかりと評価してくれるのではないですか？）

アフダルの言葉に、ネーロは考えを改めて野盗達の方へ移動を始めた。

到着すると、そこでは野盗達が意識を失っていた。

（じゃあ、絶対に暴れられないようにする！）

ネーロは土魔法を使用した。首から下を棺桶（かんおけ）のように覆い、呼吸のできるスペースを残した状態で埋めていった。

なお、覆っている土には魔法で硬化を施してある。

ネーロはアフダルに尋ねる。

（これでどう？　多分ご主人以外は脱出できないと思うんだけど？）

（上々です。ではヴァイスとゲールはボスの制圧をお願いします）

野盗の雑魚の拘束が終わったので、いよいよボスの制圧にかかる事になった。

18　野盗のボス

野盗を制圧したヴァイスとゲールは、身体の大きさを人間の五倍くらいにして、ゆっくりとテントに近づく。

その際、気配を消すのではなくあえて殺気をまき散らしながら歩いた。

おかげで、テントの中にいたボスは、急激に周囲の温度が下がったような感覚に襲われていた。

ボスが武器を手にしてテントから飛び出る。

「!!　てめえら！　ちゃんと監視し……て……」

ボスの目の前には、異様な光景が広がっていた。

周囲に部下達が見当たらなかったのだ。その代わりに、自分よりはるかに大きい狼と虎が己を見据えている。

「ガルルル……」

「グヴヴヴ……」

ボスは本能で理解した。

こいつらには手を出してはいけないと。

そして、とんでもない所で野営をしていた事に、今さらながら気付いた。

「あ、あああ……くそっ……」

二頭はとても美しく、とても怖かった。逆らっても勝てないと直感したボスだが、それでも生への執着はある。

「い、生き残ってやる……てめえらの縄張りかなんだか知らんが、ここで死んでたまるか！」

そう言って武器を構えた。ボスの得物(えもの)は大きなアックスだ。普通の人間では、持てそうもない大きさである。

ヴァイスとゲールはボスと対峙しながら念話を交わす。

（ここで野営をしてるから強いと思っていたんだけど、がっかりじゃない？　父ちゃんはおろか、あの子達でも勝てそうなんだけど……）

ボスを見たヴァイスの印象は、弱いの一言だった。装備は充実しているが、湖畔の子供達と比べても弱いとしか思えなかった。

（ねえ、あの子達を普通と考えたらだめじゃない？）

（そうなのかな？）

（そうだよ、それにあの武器変じゃない？　油断すると……）

ヴァイスとゲールが話していると、ボスはヴァイスに向かってアックスを振るった。

「くらえ！」

ヴァイスが避けようとすると、思わぬ事が起きた。

振るったアックスから炎が噴き上がったのだ。

「ガル！（あっつ！）」

「グルウ！（油断しすぎ！　あの武器、魔力を持ってるじゃん！）」

炎に包まれる事はなかったが、危うく毛が燃えてしまうところだった。

アックスの範囲から出たヴァイスとゲールは、気を引き締める。

「ガルア！（よくも、燃やそうとしたな！）」

ヴァイスはカッとなって魔力を練り上げ、威嚇とともに魔力を放出する。ボスは身体を硬直させ、動きを止めた。

「グルア！（今だ！）」

ゲールはその一瞬を逃さず、前脚でボスの横っ面を叩いた。本気を出せばボスの首が飛んでしまうと理解しているゲールは、しっかり力を加減していた。

「へぶあっ！」

ゲールの一撃をまともにくらったボスが吹っ飛んでいく。ボスはボールのように跳ね、地面に何回も叩きつけられた。

「グルア⁉（やば！　やりすぎちゃった⁉）」

ボスは土下座をするような形で地面に倒れていた。

ヴァイスとゲールは警戒しながらボスに近づく。ボスは辛うじて生きていたが、顔の半分が大きく腫れていた。とりあえず息はしている。

そこへ、アフダルがやって来る。

「ピュイ……（まったく……ヴァイスは油断しすぎです。ゲールに油断はなかったようですが、力の加減が未熟ですね）」

アフダルに注意され、ヴァイスとゲールを申し訳なさそうに縮こまる。

「ガル（反省してる……ごめん）」

「グルウ（僕も力入れすぎちゃった……ごめんなさい）」

二頭がミスを素直に認めたのを見て、アフダルは告げる。

「ピュイ（まあ、多少のミスはありましたが、結果的に全員生かして無力化できました。後はこの男を拘束して……）」

アフダルは再び風魔法を行使して、野盗達を集めている所までボスを運んだ。

「ピュイ（ネーロ。この男もお願いします）」

「キキキ！（りょうかーい！）」

ネーロはアフダルの指示通り、拘束していく。

「ピュイ（さあ、野盗の制圧は完了です。ご主人様に報告しましょう）」

アフダルの言葉を聞いたヴァイスとゲールは、そわそわしていた。ミスをした事を気にしているのだ。

だが、アフダルは二頭のミスをタクマに報告するつもりはなかった。ヴァイスもゲールも反省しているし、同じミスはもうしないだろうと考えたからだ。

アフダルからその事を説明された二頭は、ホッとした表情になっていた。

ブランがアフダルに問う。

「クウ（ねえ、この武器ってなかなか手に入らないんじゃないの？　野盗が持っているのは不自然だと思うの）」

確かにボスが持っていたアックスは、野盗ごときが手に入れられる物ではなかった。

「ピュイ（確かに。その辺はご主人様に報告をしておきましょう。きっとコラル様にも伝えてくれるでしょうから）」

アフダルはそう言って、タクマへ報告を始めるのだった。

19　帰宅

コラルへの報告を終え、タクマは庭に出てきた。応接室で待たされていた子供達が、庭で遊んでいたのだ。

「みんな！　コラル様に報告が終わったから帰ろう」

「「「はーい！」」」

タクマの声が聞こえると、子供達はすぐに遊ぶのをやめて集合する。子供達の面倒を見ていた夕夏はタクマの横に立った。

すでに辺りは暗くなっていて、町には明かりが灯されている。

「じゃあ、食堂に寄っていこう」

タクマ達はコラル邸を後にすると、他の家族達がいる食堂へ足を向けた。


道中、夕夏は侵入者の事を聞く。

「ねえ、タクマ。侵入者はどうなったの？」

「侵入者はヴァイス達に任せた。問題なく捕らえると思う。多分、夜には報告が来ると思うから、明日にはどうなったか話せるかな」

全てヴァイス達に任せているので、タクマは報告が来るまでは分からない。タクマは、ヴァイス達は失敗しないと信じていた。

「そう、厄介事にならないといいわね」

夕夏は心配そうに呟く。

「大丈夫さ。ヴァイス達は侵入者達を捕えてくれているだろうし、コラル様は情報を引き出すのが上手い。きっと式に影響はないさ」

タクマはそう言って、夕夏の手を握る。

「そうね。でも私が心配しているのは式だけじゃなくて……町の人達に危害が来ないかって事なの」

夕夏にとってタクマとの結婚は悲願だ。だが、その願いと同じくらいトーランの安全も気になるのだ。

タクマは夕夏の思いを理解し、優しく微笑む。

「分かってるさ。だけどトーランを守る騎士達だって凄腕(すごうで)だ。たいていの事は彼らでなんとかできる。それに、俺だってトーランの安全は重要だと思ってるんだ。何かあれば、俺がトーランを守ってみせるさ」

タクマの手を、夕夏は握り返す。

「そうね。きっと大丈夫よね？」

「ああ。大丈夫だ」

そんな事を話していると、子供達がタクマと夕夏が手を繋いでいるのに気付く。

「あー！　おとうさんたち、手をつないでるー！」

「ずるいー！　ぼくもー！」

「わたしもー！」

子供達は二人の周りに集まった。

タクマと夕夏は優しく微笑み、子供達と手を繋ぎながら食堂まで移動した。


食堂に着く。

ファリン達は、ちょうど片付けを終えたところだった。

「あら？　タクマさんと夕夏じゃない。それに子供達も。みんなでどうしたの？」

ファリンはタクマ達に気が付くと、中へ通した。

子供達が口々に答える。

「あのね。おとうさんとおかあさんが一緒に帰ろうって言ってくれたの！」

「あとね、ファリンおばちゃんたちも一緒に帰るの」

「一緒に帰ろー」

「カイルおじちゃんはシスターとデートなの」

ファリンは笑みを浮かべて言う。

「そうだったのね。カイルもやるわね。片付けもちょうど終わったし、みんなで帰りましょう」

その後、食堂のメンバー達がホールに集まった。

それから全員で、湖畔の屋敷に跳んだ。


到着すると、待っていたアークスが子供達を風呂へ連れていく。

タクマと夕夏は、そのまま食堂のメンバーとリビングに移動した。そこには、他の大人達も集まっていた。

待っていた中には元暗部のカリオがいて、何か言いたそうにしていた。

全員が席に着いたところで、タクマはカリオに声を掛ける。

「どうしたんだ？」

カリオは苦笑いを浮かべて口を開く。

「それこっちの台詞さ。ヴァイス達が戻ってこない。何かあったんだろ？」

カリオの指摘に、タクマは素直に今の状況を説明した。

「……なるほど。じゃあ、ヴァイス達は侵入者の捕縛に動いていると」

「ああ」

タクマはカリオの言葉を肯定した。すると、元暗部の一人が手を挙げて発言する。

「タクマさん。引き渡す前に尋問を行った方が良いかと。ただの野盗なら引き渡すだけでもいいですが、そうじゃなかった場合、ここが襲われる可能性もあります」

それから彼は、その役目は自分達元暗部に任せてほしいと言った。

「だが、お前達はもう……」

タクマは、彼らに闇の仕事をさせたくなかった。だからこそ、あえてそういった仕事を割り振ってはいなかったのだ。

だが、元暗部の男は強く主張する。

「タクマさん、大丈夫です。ここを守るためなら、俺達はいくらでも力を使います。俺らの居場所を守るためですから」

タクマと同じように、元暗部の彼らもここを大事に思っているのだ。

「……分かった。今夜には捕縛の連絡が来ると思うから、一旦気絶させた状態で連れてこよう。任せていいか？」

タクマは彼らに尋問を任せる事にした。


全員で食事を済ませ、子供達は自室へ戻った。

タクマは遠話のカードを使って、コラルに追加の報告を行う。

当初は侵入者をそのままトーランに連行する予定だったが、タクマの方でも尋問を行うので、言っておく事にしたのだ。

「……なるほど。元暗部の者達がそんな事を」

「ええ。自分にできる事をしたいと。今回の侵入者に関して、何か気になる事でもあるのでしょう」

彼らは元とはいえ一流の諜報員だ。彼らが自ら封印した技能を使うという事は、何か彼らの琴線に触れる予感があったのだろう。

そのタクマの直感は、コラルにも分かったようだ。

「確かにタクマ殿に負けたとはいえ、元は有能な諜報員だ。その彼らが動くほどに気になるのであれば、許可するしかあるまい。だが潰してくれるなよ。こちらで聞かなければならん事もあるのでな」

コラルはやりすぎないようにと釘を刺した。

「彼らもその辺は分かってると思いますので大丈夫かと。朝には連行できると思います」

「分かった。こちらもそういうふうに動こう」

コラルはそう言って、遠話のカードを切った。

タクマがコーヒーを飲んでいると、アフダルから念話が来る。

(ご主人様。無力化が終わりました)

（お疲れ様、意外と早かったな。みんな怪我とかないか？）

アフダルによると、まったく問題なかったという。ヴァイスが油断してしまったそうだが、怪我はないししっかり反省しているとの事。

タクマは念話を終え、ソファーから立ち上がると、元暗部の者達に話しかける。

「ヴァイス達が侵入者を無力化したそうだ。今から迎えに行くから準備を進めていてくれ」

「「「はい！」」」

そう言ってタクマは、守護獣達の所へ跳んだ。


到着すると、タクマの目の前には首から下が埋められた野盗達が並んでいた。しっかり埋めてしまうと、顔を出していても土の圧迫で死んでしまうのだが、その辺は考慮してスペースを作っているようだ。

全員生きているのを確認すると、守護獣達がタクマの傍に集まってきた。

「みんなご苦労様」

タクマが守護獣達を労（ねぎら）うと、ヴァイス以外の守護獣達は嬉しそうにした。

一方、ヴァイスは自分の失敗を悔やんでいる。

「アウン……（俺……失敗しちゃった……）」

落ち込むヴァイスに、タクマは優しく語りかける。

「ヴァイス。失敗したとしても、みんなに怪我がなかったんだ。そんなに気にする事ないさ」

「アウン……（でも……俺が失敗して、みんなが傷ついていたら……）」

「そうだな。確かにその可能性もあっただろうな。だけど、今回は無事だったんだ。次は絶対に失敗をしないようにすればいいんじゃないか」

タクマがそう言うと、他の守護獣達もヴァイスをフォローする。

「ミアー（僕がもっと早く気を付けるように言うべきだったんだ。だからヴァイスだけが悪いわけじゃないよ）」

「ピュイ（私ももっと警戒するように言うべきでした。そうすればあのトラブルは防げました）」

「キキキ！（オイラも見てるだけじゃなく、牽制とかすれば良かったんだ！　オイラも反省する！）」

「クウ（僕もごめんね。後衛なのにフォローできなかった）」

「……（……油断してた。ごめんね……）」

全員、自分達の配慮が足りなかったと反省した。

タクマは全員を優しく撫でてやりながら言葉を掛ける。

「確かに油断は仲間達を危険に晒してしまう。だがな、それが分かっただけでも今回勉強になっただろ？　みんな反省点があるようだし、帰ったら話し合ってみたらどうだ？」

タクマは守護獣達を怒る事はなかった。彼らはしっかりと意思を持った相棒なのだ。自分で考えて行動できる。だから話し合って次に生かしてくれればいいと考えたのだ。

タクマの言葉を、守護獣達はしっかりと聞いていた。

「さあ、帰ろう。こいつらはあっちで元暗部の連中が尋問するから、ゆっくりと休むといい」

タクマは魔力を練り上げ、野盗達を土からと出してやった。そして、彼らの足と手に土を硬化させた簡易的な枷を付ける。

それからまだ気絶したままの野盗を一か所に並べ、そのまま自宅の庭へ跳んだ。


庭には、覆面をした元暗部達が待機していた。彼らの横には、大きな桶がいくつか置かれている。

「おかえりなさい。尋問はお任せください」

元暗部の連中はそう言うと、ヴァイス達にボスが誰か確認する。

「アウン（こいつがボスだよー）」

ヴァイスは、ボスの頭をペシペシと叩いた。

「なるほど、こいつだな。タクマさん。俺達の家の横に、尋問のために部屋を作ってくれませんか？」

彼らは、外から見えない部屋が欲しいと言った。

タクマは、早速尋問用の個室を作る事にした。魔力を練り上げて、土を立方体の形に作る。

仕上げに、アイテムボックスから普通の扉を取り出して付けた。

「こんなもので良いか？　扉を閉めても空調はしっかりしてある。それと声が漏れないように遮音もな」

「ありがとうございます。では尋問を始めます。明日には報告書を上げますので」

「分かった。ただ、こいつらはコラル様の方に引き渡すのだから……壊すなよ」

タクマはそのまま自宅へ戻る事にした。

タクマを見送った元暗部達は、表情を消して仕事モードに入る。

尋問室に入るやいなや、ボスの顔に桶で大量の水をぶちまけた。

「げっげほっ……な、なん……」

「起きたか？」

野盗のボスの目の前には、顔を覆面で隠した元暗部が立っている。

「てっ、てめえは誰……がはっ！」

野盗のボスが威嚇しようとしたところで、腹に一撃が加えられる。

「黙れ。お前には聞きたい事がある。素直に話せば痛い目を見る事はない。だが余計な事をしたり、暴れようとしたりした場合は……」

元暗部の男はそう言って、腰に下げていた黒い短刀を取り出す。

そしてボスの首に突きつけた。

「や、やめろー‼」

ボスの悲鳴がこだまする。

野盗達の本当の地獄は、ここから始まるのだった。

20　子供達の準備

翌朝、朝食を食べながら、タクマは子供達の予定を聞いていた。

「えっとねー。きょうは教会のみんなと練習なの！」

「そー！　おとうさんたちの結婚式のれんしゅー！」

結婚式では、子供達の役割はとても大きかった。シエルが中心となって練習する事になっていたのだが、それが今日から始まるらしい。ちなみに結婚式には、タクマの子供達だけでなく、教会の子達も参加する事が決まっていた。

「おとうさんとおかあさんの大事な式だから、まちがえないように練習するの！」

「ぼくたち、ちゃんとできるから安心してね」

子供達は、タクマと夕夏の幸せのために一生懸命になってくれていた。

タクマと夕夏は改めて家族の優しさに感謝を覚える。

「みんなありがとう」

「ありがとう。とっても嬉しいわ」

タクマと夕夏はそう言って優しく微笑む。

「えへへ……」

照れくさそうにはにかむ子供達。

彼らは食事を終えると、カイルとともに教会へ向かった。


教会では、教会の子供達がタクマの子供達を待っていた。

「あ！　ラブラだ！」

教会の子供の一人が、タクマの子供達の年少組をまとめるラブラを見つけると、手を振って自分のいる所へ来るようにアピールする。

シエルがタクマの子供達に声を掛ける。

「みんなおはよう。今日は勉強ではなくて、タクマさんの結婚式の練習をしますよ。もうすぐコラル様の所から役人さんが来ますから、しっかりと自分のやる事を覚えましょうね」

「「「はーい！」」」

子供達は真剣な面持ちで、その役人を待った。

待っている間、子供達は結婚式について話し合った。

「ねえ。おとうさんたちの結婚式、たのしみだねー」

「うん！　でも、ぼくたちは何するんだろう？」

子供達は、自分がどんな役割で式に参加をするのか分かっていなかった。分かっているのは、タクマと夕夏が喜んでくれるような役割という事だけだ。

一部の子供達は表情を曇らせていた。

「きっとはしっこのほうで静かにしてなさい、って言われるんじゃないかな？」

「えー？　だったら練習なんかいらないじゃん？」

その話を聞いていたシエルが、笑みを浮かべて言う。

「あなた達の大好きなタクマさんの結婚式よ？　端に行けなんて言うわけがないわ。そんな事になれば、タクマさん達は式を中止するでしょうね。後から説明されるから詳しく言わないけど、みんなが中心になってタクマさん達をお祝いするのよ」

子供達は嬉しそうな顔になる。

「ほんと？　ぼくたち、おとうさんたちの役に立てる？」

「おじちゃんの式の中心になるの？」

シエルは強く頷く。

「ええ。タクマさんの式で一番重要な役割を任されると思うわよ。だから、しっかりとお話を聞いて練習しましょうね」

シエルはそう言って、子供達のやる気を引き出していく。

「じゃあ、ぼくたち、いっしょうけんめいがんばる！」

「失敗しないようにしなきゃね！」

「その意気よ。みんなで成功させましょうね」


そんな事を話していると、教会の入り口に役人らしき人影が現れた。

シエルが子供達に告げる。

「ほら。いらっしゃったみたい。みんな頑張りましょうね」

「「「はーい‼」」」

コラルが派遣した役人は、入り口から子供達の様子を見ていた。

さっきまで子供らしい声で騒いでいたが、自分が来たのに気付いた瞬間、きれいに整列したのを見て、彼は感心してしまう。

「さすが、タクマ殿のお子さん達だ。皆しっかりとしているな」

役人はそう言いつつ、子供達に近づいていく。

「皆さん、初めまして。私はレンジと言います。式の流れを説明する役割を仰せつかりました。

しっかりと練習して、良い式にしたいと思っていますので、よろしくお願いします」

彼はコラルの部下なだけあって、子供達にも丁寧な言葉を使った。さらに、子供達に分かりやすいようにゆっくりとした語り口で、物腰が柔らかかった。

「「「はーい！」」」

「良いお返事です。では、早速始めましょう」

レンジは自分の部下に指示をして、子供達に冊子を渡していく。

彼が用意してきたのは、結婚式の流れを記載したしおりである。文字だけだと飽きてしまうと考えた彼は、絵を入れてより分かりやすいように気を配っていた。

「あ！　ヴァイス！」

「ゲールも！」

「みんないるねー」

子供達は、しおりに描かれた絵に釘づけになっていた。

その一方で、レンジは子供達に圧倒されていた。

（これは……すごい破壊力ですね……）

子供達の可愛さを目の当たりにして、レンジは顔を赤くする。そして、これだけ魅力的な笑顔を引き出せるタクマは、子供達にとって大切な存在なのだと強く理解した。

「レンジおじちゃんどうしたの？」

子供達は待っていたのだが、説明が始まらないので首を傾げる。

「す、すみません。では始めますね」

レンジは気を取り直して説明を始める。

結婚式での子供達の役割は、タクマと夕夏のエスコートである。ヴァイスとゲールが引く特製の馬車へ二人を導くのだ。その際、男の子は夕夏を、女の子はタクマを担当する。

そして孤児院の子供達は、花嫁のベールを持って歩くトレーンベアラーを担当する事になっていた。

当初は、タクマの子供達で全てやろうと考えていた。だが、孤児院の子供達も大事にしたいというタクマの意向を反映し、孤児院の子供達を参加させる事になったのだ。

二人が馬車に乗った後は、子供達は一緒に歩いていく予定になっている。

「良いですか？　馬車に近づきすぎては駄目ですよ。危ないので気を付けてくださいね」

レンジがそう言って注意を促す。

そこで、タクマの子供達の中で好奇心旺盛な狐人族のタイガが手を挙げる。

「ん？　タイガ君。どうしました？」

「えっと……ヴァイスとゲールにはお仕事があるけど、アフダル達には？」

「ネーロとブランとレウコンは参加できないの？」

子供達はヴァイスとゲール以外に、守護獣の名前がなかった事が気になったようだ。

レンジは笑みを浮かべて答える。

「もちろん、参加してもらいますよ。彼らには馬車の先頭に立ち、皆さんの護衛をしてもらいます。たくさんの人がいますから重要な役割なんです」

レンジはそう口にしつつ、心の中では別の考えを持っていた。

（ただ、今のトーランに護衛が必要なのかは疑問ですけどね……まあ、守護獣達のアピールとしても重要なんですけど）

トーランは今、急激に発展しつつある。そのためトーランを狙う勢力も少なくないが、守護獣がいるこの町に手を出すのはまずいと思わせる意図が、この結婚式にはあるのだ。

またその一方で、守護獣達という存在が危険ではないと、住民達にアピールをする狙いもあった。

「そっかー。参加できるならよかったー」

「タクマ殿は、あなた達と同じくらい守護獣達を大事にしているので、ちゃんと役割はありますよ」

安心する子供達にレンジはそう言って、説明を続けていく。

「では、教会に到着したら、皆さんは再びタクマ殿と夕夏様をエスコートしてください」

当初、式自体は礼拝堂でと考えていたが、町を巻き込んで行うほど大規模なものになったため変更されていた。

変更した場所は、孤児院の広大な庭である。

なお、礼拝堂にあるヴェルド像も移動させての大掛かりなものになるという。子供達は、普段使っている庭が会場となると聞いて嬉しそうにしていた。

レンジはさらに話す。

「そして女神像の前に案内をしたら、二人の両側に移動してくださいね。トレーンベアラーの皆さんも同じように並ぶのですよ」

「「「はーい！」」」

「式が終わった後は再び食堂へ戻ります。流れは来た時と同じなので大丈夫ですよね？」

「うん！　大丈夫！」

「ちゃんと覚えた！」

子供達はたった一度の説明で、全ての流れを頭に入れたようだ。

レンジは驚きつつ言う。

「……素晴らしいですね。おっと、話に夢中になってお昼の時間ですね。では、食事を済ませたらいよいよ実際に練習をしましょう」

「みんな！　ご飯の時間よー」

シエルの言葉を聞いた子供達は一斉に孤児院の中へ入っていくのだった。

「子供達へ説明するのは大変だったろ？」

そうレンジに話しかけたのはカイルだ。

レンジは首を横に振る。

「いえ。まったく問題ありませんね。子供達はしっかりと耳を傾けてくれましたし、理解が早い。同世代の子に比べて異常に優秀です」

カイルは深く頷く。そして若干呆れ気味に言う。

「あの子達は規格外だからな。おそらく今の教育水準のはるか上をいく教えを受けているし、体力に関しても同世代とは比べ物にならん」

「理解力もすごいですね。一度の説明で理解してましたから。優秀な大人になるでしょう」

「ああ、きっとな」

レンジとカイルは孤児院の方を見ながら、子供達の将来は明るいと笑うのだった。

21　尋問の報告

タクマの家を、ある者が報告に訪れる。

やって来たのは、元暗部を取りまとめるモナークだ。

「……そうか。野盗はただの犯罪者集団だったか」

野盗の正体を聞いて、タクマは呟いた。

どちらにしても、自分が設置した警備体制がしっかりと機能しているようで、タクマはひとまず安心する。

「部下達はそれで良かったのですが、彼らのボスがちょっと問題でして……」

言いづらそうにするモナークに、タクマは報告書を見ながら尋ねる。

「なるほど……こいつらのボスは元軍人か」

「ええ。しかも元マジルの軍人ですね。おそらく国の中枢が神罰によって潰された事で、行き場所をなくして流れてきたのでしょう」

モナークはそう言いつつも、自分もこのように落ちていく可能性があった事を分かっていた。彼はタクマが拾ってくれなければ、この野盗のボスのようになっていたかもしれなかったのだ。

「マジルか……でも、マジルの軍人なら復興に従事しているはずだろ？　なんで野盗に落ちぶれているんだ？」

元々国で雇われていた軍人なら、国のために働くはずである。

モナークは複雑な表情を浮かべて説明する。

「マジルは、国の中枢が禁忌を犯したという事で、民からの信用がなくなったのです。役人や軍人は復興に尽力したそうですが、それでも信頼は回復できませんでした。それどころか、民から襲われる事もあり、多くの役人と軍人が他国へ流れたという事です」

野盗のボスも、他国へ逃げた者の一人だそうだ。

それでパミルに来たは良いが、マジルの軍人であった事実はついて回り、ついには行き場所をなくして野盗になったという事だった。

（……同情はするが、居場所がないからといって罪を犯して良い事にはならん）

タクマは、厳しくもそのように考えていた。

確かに、民からの視線は厳しいものになるだろう。禁忌を犯したマジルに所属していたのだから、他国の人々からもそういう目で見られるのも無理はない。

だが、居場所を作るのは自分自身だ。新しく歩み出したのならば、そこで地道に生きていれば、時間は掛かっても居場所は作れるはずなのだ。

タクマはそう考えつつ、モナークに告げる。

「……なるほどな。どちらにせよ、犯罪者なのは変わらんし、この結果をコラル様に報告して身柄を引き渡すしかないか。一応聞いておくが、パミル王国を狙って送られた刺客（しかく）だったという可能性はないのか？」

「厳しく尋問しましたが、そのような事はないと思います」

モナークは尋問方法は明かさなかったが、相当に厳しく聞き出したようだ。

「分かった。じゃあ、報告書とともにコラル様に引き渡そう。早速トーランに移送するつもりなんだが、同行してくれないか」

「はい！」

タクマはモナークとの話を切り上げると、アークスに一声掛けてそのまま尋問室へ向かった。

尋問室の外では、元暗部の者達が監視をしていた。

タクマは元暗部の者達に声を掛ける。

「みんな、お疲れさん。モナークと俺は野盗どもをトーランに移送する。アークスに食事を用意するように言ってあるから、腹いっぱい食べてくれ」

元暗部の者達は、食事をするため母屋へ向かっていった。

タクマが尋問室に入ると、気絶している野盗達が横たわっていた。身体に傷こそないが、全員うなされている。

タクマは尋問室を魔法で壊し、野盗全員に結界を張って移動の準備を整える。そして、肝心のボスが持っていたアックスも手に持つ。

「よし、モナーク。行くぞ。このアックスについてはモナークが説明してくれ」

「はっ」

タクマは魔力を練り上げて範囲指定を行い、コラルの邸宅へ跳んだ。

到着すると、すぐに使用人が警備兵を伴って現れる。

「タクマ様。移送ご苦労様です。あとは我々にお任せください」

タクマは野盗を引き渡した。そして使用人に促されて執務室へ向かう。

コラルがタクマに告げる。

「来たな。元暗部の者を伴っているところを見ると、単なる野盗ではなかったという事だな」

「そうですね。少々訳ありの者も交じっていたので。早速ですが、これを」

タクマは懐から紙を取り出して、コラルに差し出す。モナークが作成した報告書だ。

コラルはそれに目を通すと、眉間にしわを寄せた。

「まさか、マジルの元軍人が野盗になっていたとは……」

「マジルの件は自分も関与していただけに、報告を受けた時はなんとも言えない気持ちになりました」

コラルの言葉にそう返したタクマは、深いため息を吐いた。

コラルは真剣な表情で言う。

「タクマ殿。君が気にする必要はない。マジルが潰れたのは、あの国が禁忌を犯したからだ。神罰が行使された後の事など、君が考える事ではない。冷たい言い方だが、国の事は残された者達の問題なのだ。この野盗のボスもまともに生きるチャンスはあったはず。それを捨てたのは、他ならぬ自分だろう」

「そう……ですね。確かに言う通りです。あまり考えすぎないようにします」

コラルはタクマの返答を聞いて、満足そうに頷く。

そして報告書の別の項目を読み出した。そこには、ボスが持っていた武器について詳細に書かれていた。

「それにしても魔法の武器とはな。ランクの高い冒険者なら所持している事はあるが、野盗が持って良い物ではない。おそらく復興の混乱に紛れて盗んだのだろうな。後で返却をするので、その武器を預けてはもらえないだろうか？　城に問い合わせれば、詳しい事が分かるはずだ」

コラルが言うには、コラルが派遣している諜報員はマジル中枢にも入り込んでいたという。そこからの情報で、マジルが持つ魔法武器のリストができているそうだ。

タクマはアイテムボックスからアックスを取り出してテーブルの上に置いた。

コラルはおもむろに手に取って持ち上げた。

「ふむ……これは随分と軽いな」

コラルはアックスを上げ下げして重さを確認する。

「コラル様、武器に関しての報告は自分が」

モナークはそう言って説明を始める。

「魔力を流すと炎を纏う仕掛けになっております。また、アックス自体の重さが軽減されるような付与もされているようです」

コラルは、アックスをテーブルに置いて使用人を呼ぶ。

「お呼びでしょうか？」

「うむ。この武器を証拠品として預かったから、保管しておいてくれ。城へ行く時に持っていく」

使用人がアックスを持って下がると、コラルはモナークへ質問する。

「君がボスを尋問した結果、目的は持っていそうだったか？」

モナークは首を横に振った。

「トーランをどうこうできるような者ではないでしょう。少し痛めつけただけでぺらぺらと話し出したので、軍人でもかなり下の者かと。コラル様の方でも尋問をなさるでしょうが、おそらくこれ以上の情報は出ないかと思います」

「そうか。こちらでも尋問をするが、しっかりと罪を償ってもらう事になりそうだな」

コラルは笑みを浮かべて頷く。

タクマは、どう償わせるのか気になった。

「参考までに聞いても良いですか？　どういった方法で罪を償わせるのですか？」

タクマの素朴な疑問に、コラルは答える。

「尋問し、どういった罪を犯したか話させる。罰は鉱山での労働だろうな。だが人を殺めていた場合、処刑となる。野盗は人を傷つけている可能性が高いから……」

コラルはその後の言葉をあえて口に出さなかった。

「なるほど……分かりました」

タクマもそれ以上は聞かずに話を終える。

タクマとモナークの報告が終わると、コラルは表情を元に戻して話を変える。

「時に、タクマ殿。今日はトーランで子供達が式の練習をしているだろう。どうだ、一緒に見てみないか？　君とモナークがいれば、安心して出歩けるしな。それに練習を見ておけば君も、式の流れが分かるだろう」

タクマとモナークは顔を見合わせて苦笑いを浮かべる。

「分かりました。俺も気にはなっているのでご一緒させてください」

「自分がいる意味はないでしょうが、護衛を務めさせていただきます」

タクマとモナークは護衛を引き受けて、屋敷を出た。

タクマは、コラルの安全を考えて食堂か宿へ跳んだらどうかと言ったのだが、コラルは首を横に振った。

「自分の町を歩くのもたまには必要だ。それに空間跳躍に甘えてばかりだと身体も鈍(なま)るしな」

街を歩いていると、コラルを見つけた民が気軽に話しかけてくる。

「コラル様！　良い野菜が採れたから後でお持ちしますね！」

「いつもすまんな。使用人にしっかり代金を請求してくれ」

「あら！　コラル様じゃないの！　今日はどこへいらっしゃるの？」

「ああ。近く盛大な催しを考えていてな。その視察だ」

食堂に到着するまで、多くの民と交流するのだった。

22　見学から参加へ

「予想してたけど、これはすごい規模になりそうだな……」

タクマの目の前に、結婚式の流れを確認する子供達の姿があった。

食堂の前の道には騎士が配置され、交通規制を行っている。道には、コラルが作らせた特注の馬車が止まっていた。

子供達は真剣な面持ちでレンジの説明を聞いて、立ち位置を調整していた。

レンジと子供達の声が聞こえてくる。


「そうです。馬車に近づきすぎると危ないですから、気を付けてくださいね。自分達の立ち位置は、目印を決めておくと調整しやすいですよ」

「「「はーい！」」」

子供達はレンジの言葉をしっかり理解し、自分なりの目印を探していく。

「決まりましたか？」

「うん！　まちがえないように目印を見つけた！」

「ぼくも、大丈夫！」

子供達の言葉を聞いたレンジは、次の練習に移る。

続いて、決めた立ち位置に来る前の動きを説明する。

「この立ち位置に移動する前に、タクマ殿と夕夏嬢をエスコートしていただきます。食堂の前に整列してお二人を待ちますよ」

レンジは、子供達が立つべき場所へ移動して、ここで待つように教えた。その位置は、食堂の入り口と馬車までの中間点だった。

子供達は言われた通りの場所に整列した。

「……そうです、その場所です。そしてタクマ殿と夕夏嬢が出てきたら、この説明書にある配置でお二人を馬車まで連れていきます。案内する順番は夕夏嬢が最初、タクマ殿が後ですね」

子供達はレンジの説明に沿って動き、自分の行動を覚えていっていた。

「さすがというべきかな？　子供達は一糸乱れぬ動きを見せている。しっかりと落ち着いて行動できているな」

コラルは子供達の動きを見て感心していた。

「ありがとうございます。うちの子も教会の子供達も、普段から団体行動に慣れていますから」

タクマは子供達を褒めてもらえて嬉しそうに返す。

モナークも満足そうにしていた。というのも、自分が教えた事を子供達ができていたからだ。モナークは団体行動の大切さを子供達に教えていた。

その事を聞かされたタクマは、モナークに言う。

「へえ。俺はてっきり、索敵とか気配察知の方法とかを教えていたのかと思っていたが」

「それも教えてはいますが、あの子達は団体行動が基本になってますからね。こういった集団での行動を重点的に教えていたんです」

モナークは元軍人らしく、集団行動の大事さをよく分かっていた。だからこそ子供達に練習させていたという。

「なるほどな。一般の生活でもそういうのは大事だもんな」

三人が話していると、レンジがコラルがいるのに気付き、近寄ってくる。

「コラル様。いらっしゃっていたのですね」

「うむ。順調のようだな」

コラルはそう言って、満足そうに頷く。

「はい。子供達は皆、理解が早く、何度も説明をする必要がありません。当初考えていた以上の進み方をしています」

「そうか。だが、物分かりが良くても子供なのだ。集中力も長く続くまい。しっかり休みを挟みながやるのだぞ」

「はい。この流れを確認後、休憩にしようかと思います」

レンジはそう言って子供達のもとへ戻ろうとしたが、ふと立ち止まってタクマの方を向く。

「ん？」

タクマは首を傾げてレンジを見た。

レンジがタクマに尋ねる。

「タクマ殿。もしお時間があるのなら、式の練習に参加してみませんか？」

「それは構わないんだが、一応、コラル様の護衛で来ているからなぁ」

タクマが即答できずにいると、コラルは許可を出す。

「構わんさ。近くに騎士達もいるし、隣にはモナークが付いている。参加するといい。本当は明日以降の予定だったのだが、今日からタクマ殿が参加するのもありだろう。どうせなら夕夏嬢も呼んではどうだ？」

コラルの言葉に、タクマは頷く。

「そうですね。夕夏もいた方が良いかもしれませんね。では、呼びに……」

「呼んだ？」

タクマの言葉に被せるように、後ろから夕夏の声が響いた。

「私がどうしたの？」

夕夏は宿の打ち合わせのため、ちょうどトーランに来ていた。目の前で結婚式の練習が始まったので、宿から見ていたという。

「ああ。式の練習に俺達も参加したらどうかって言われてな。この場にいるわけだし、お前も参加しないか？」

「そうね。打ち合わせも終わったし、私も参加するわ」

こうして、タクマと夕夏が参加する事になった。

タクマは、コラルとモナークに告げる。

「では、練習に参加してきます。モナーク。後は頼むぞ」

タクマと夕夏は、子供達が練習している場所へ歩き出すのだった。


レンジはタクマと夕夏の前に立ち、二人の動きを説明する。

「今回の練習では、出発地点でタクマ殿と夕夏嬢を馬車に乗せ、教会まで実際に移動してみます。食堂の入り口を出たら、子供達が近づいてきますので、お二人は子供達の案内に沿って、馬車へ移動してください」

タクマと夕夏は頷いた。

レンジが注意点を付け加える。

「夕夏嬢に関してはトレーンがあるので、それを想定してゆっくり移動してみてください。タクマ殿は馬車に到着をしたら、夕夏嬢が馬車に乗るお手伝いを」

「分かった。じゃあ、夕夏を乗せた後で、俺が馬車に上がるんだな？」

タクマに問われ、レンジは頷く。

「そうです。そして乗車した後ですが、進行方向に向かって右側にタクマ殿、左側に夕夏嬢が立ちます。立ち位置には背もたれを作ってありますから、走行中でも身体のバランスは取れるかと」

「なるほど。分かった」

さらにレンジは続ける。

「タクマ殿の守護獣と夕夏嬢の従魔に関してです。ヴァイスとゲールは馬車を引き、他の子達はお二人の両サイドに位置取りをしていただきます」

それから、レンジは守護獣達の位置を伝えた。タクマの守護獣は右側、夕夏の従魔が左側という具合に配置されていた。

そこで、夕夏が声を上げる。

「あ、私の従魔の一体は大きすぎて馬車には上がれないわ」

「だったらゲールは小さくなって馬車に上がってもらって、ヴァイスとマロンで馬車を引いてもらおう。それでもいいかな？」

タクマがそう言うと、レンジはすぐに受け入れる。

「問題ありません。それではそのように変更しましょう」

レンジは手に持っていた書類を開くと、すぐさま変更していった。

「では変更したので、このまま練習を続けましょう。お二人は動きを把握できましたか？」

「ああ」

「ええ」

タクマも夕夏も深く頷いた。

「分かりました。では、これから実際に動いて練習してみましょう」

レンジが練習開始を宣言すると、子供達は速やかに自分の立ち位置へ移動した。

「タクマ殿。それでは開始位置へ移動してください。今日は食堂の扉の前から始めましょう」

タクマと夕夏は、レンジの指示通り、食堂の扉の前に移動した。

「練習を開始します！」

レンジの掛け声とともに、子供達はタクマと夕夏の前へ歩き出し、二人を馬車までエスコートする。夕夏は動きづらいドレスを着ているという想定なので、子供達はゆっくりと歩いていた。

タクマと夕夏は馬車の所に到着する。

二人を挟む形で、花道が作られた。タクマは花道の中を歩き、馬車に備え付けてある階段の横へ移動する。

そして、夕夏の方へ振り向いて手を差し出す。

「ふふふ……」

夕夏は嬉しそうに微笑みながらタクマの手を取ると、ゆっくり階段を上る。

夕夏の後ろでは、トレーンを持つ予定の子供達がついてきていた。二人がしっかりと立ち位置に来ると、レンジが指示を与える。

「では、このまま移動をしていきます。子供の皆さんは先ほどの立ち位置をしっかりと守って移動しましょう」

レンジは子供達にそう言うと、馬車に繋がれた馬に乗る騎士へ手を上げる。

騎士は頷きを返すと、ゆっくりと馬を前進させた。


馬車は思いのほか乗り心地が良く、レンジが言っていたようにバランスを崩す事はなかった。

教会へ向かう馬車の上で、夕夏がタクマに話しかける。

「こうしていると実感が湧くわね」

「そうだな。俺の予想していた以上の目立ち方をしそうだけど……」

タクマはそう言って苦笑いを浮かべる。

「確かにそうね。でも、色々な人に祝ってもらえるのは嬉しいわ。それに何より、私の隣にあなたがいる事が本当に嬉しい」

「俺も同じ気持ちさ。こうして再び会う事ができたのは奇跡と言っていいだろうな」

そんな事を話しながら、教会までの道のりを過ごしていく。

「ねぇ。あの馬車なんだろう？」

沿道の人達が、馬車を見て声を上げる。

「この前、領主様から通達があったやつじゃないか？　町を挙げての結婚式を行うってやつ」

「ああ……それか。噂では町の恩人でもあるらしいぞ」

人々は色々な事を話しながら、目の前の馬車を見送っていく。

「いいわねぇ。私もあんな結婚式がしたいわー」

「うっ。が、頑張って金を貯めるよ」

中には、そんな会話をするカップルもいた。


歩いて十分も掛からない距離を、三十分も掛けて馬車は教会に到着した。

子供達は決められた位置から移動して、タクマと夕夏を迎える。最初にタクマが降りて、夕夏をエスコートする。

そこから教会の庭へ、子供達とともに歩く。

「そうです。そうやってタクマ殿と夕夏嬢を案内したら、お二人の後ろへ回るんです。ここまでは分かりましたか？」

レンジは子供達に優しく語りかける。

「うん！　ぼくたちちゃんと分かってるよ！」

「ちゃんとできる！」

子供達は、レンジの言う事をきちんとできていた。実際に教会までの道中で、レンジが子供達に修正を指示する事はなかった。

「ええ。皆さんがしっかりできる事は見させていただきました。大変素晴らしいと思います。明日も練習する事はあるので頑張りましょうね」

「「「はーい!!」」」

子供達はレンジの言う事に、大きな声で返事をする。

「素晴らしいお返事ですね。では、今日の練習はここまでとしましょう。かなり早いですが、皆さんがしっかりとやったおかげですので、ゆっくりと休んでください」

レンジは、この日の練習を切り上げると宣言する。

子供達は自分達が頑張ったおかげで早く終わる事ができると言われ、満面の笑みでタクマと夕夏のもとへ走る。

「おとうさん！　見ててくれた？」

「ぼくたち、ちゃんとやれてたでしょ？」

「がんばって練習したから、今日はおわりだって！」

子供達は嬉しそうにタクマと夕夏に抱き着く。

二人は笑顔で子供達を抱きとめる。

「みんな頑張っていたなぁ。ちゃんと見ていたぞ。ご苦労様」

タクマそう言って子供達を撫でた。

夕夏も優しい笑みを浮かべながら、子供達を褒めた。

「ねえ、お父さん。お腹空いた！」

子供達は一生懸命練習をしたので、腹を空かせているようだ。

「みんな頑張ったもんな。じゃあ、少しは早いけど、みんなでご飯にしようか」

タクマはアークスに遠話を送る。

早速アークスが応答する。

『タクマ様、どうしました？』

(手間をかけてすまないが、食堂に行って準備を頼むと言ってくれないか？)

『分かりました。すぐに手配します』

タクマの食堂では、大量の料理をでき立てで保管できる道具がある。ファリン達が作った試作の料理が、それにたくさん保管してある事をタクマは知っていたのだ。

遠話を終わらせると、タクマは全員に向かって話す。

「みんな。俺達のために練習に参加してくれてありがとう。良かったらうちの食堂で食事をしないか？」

タクマの提案に、全員嬉しそうな顔を見せた。

タクマが始める食堂は、開店前にしてすごく噂になっていた。

ファリン達が毎日大量にいい匂いのする試作料理を作っているおかげで、トーランの住民達は開店を心待ちにしているらしい。

全員タクマの誘いを快諾したので、馬車を教会に止めて全員で歩いて移動する。


「ねえ、おじちゃん。どんなごはんを食べるの？」

教会の子供達は普段外食しないので、すごく嬉しそうにタクマに聞く。

「んー。そうだな。みんなきっと大好きになってくれる物を用意してくれていると思うぞ」

タクマの言葉を聞いた子供達は、声を上げてはしゃいでいた。

「どんな、ごはんかなー？」

「きっと、おいしいものがいーっぱいあるよ！　食堂のおばちゃんたち、みんなお料理上手だもん」

タクマの子供達は、いつもファリン達の料理を何度も食べている。なので、彼女達が絶対に美味しい物を出してくれると確信しているのだ。

「へえー、楽しみだなー」

子供達のはしゃぐ声を聞きながら歩いていると、レンジがやって来た。

「タクマ殿。我々まで誘っていただいて良いのでしょうか？」

レンジが問うと、タクマは笑って彼の肩を叩いた。

「何を言っているんだか。俺達の結婚式のために動いてくれているのだから、当たり前だろ？　遠慮なく食べてくれよ」

「ありがとうございます」

レンジも食堂の噂は聞いているらしく、嬉しそうに歩を進めるのだった。

23　食事会

一行が食堂に到着すると、周囲にはとてもいい香りが漂っていた。

「わー、いいにおいー」

「おいしいにおいがするー」

子供達はそう言って、匂いのする方へ向かっていった。

ファリン達は、食堂の庭に料理を用意してくれていた。

庭には店内のテーブルが並べられ、その上に色々な種類の食べ物が用意されている。

メニューは唐揚げやハンバーグなど、子供が好きそうな物が多かった。種類もさる事ながら、たくさんの量を用意してくれているようだ。

さらに簡易の竈（かまど）が作られており、そこでは厚く切った牛肉や串に刺さった鶏肉が焼かれていた。

子供達は食べ物に釘づけになっている。

タクマの後ろからファリンが現れて尋ねる。

「どう？　こんなもので良いかしら？」

「ああ、十分だ。しかし……作り置きをしていたのは知っているが、ここまでとはな」

タクマがそう言うと、ファリンは苦笑いを浮かべる。

「私も少し反省してるわ。お客さんに出す料理だからちゃんとした物を出したくて、練習しすぎちゃったわね」

タクマは、ファリンの気持ちが嬉しくて思わず笑みをこぼした。

「ありがとう。そこまで気を遣ってくれて。試作料理もこうやって消費できれば無駄にならないし、問題ないと思うぞ」

タクマは素直にファリン達へ感謝をする。

タクマがそこまで感謝すると思っていなかったファリンは、ちょっと照れくさいようで話を無理やり変えた。

「も、もう準備はできているし、みんなお腹が空いているでしょうから始めたら？　給仕は私達食堂のメンバーがやるから」

少し顔を赤くしたファリンはそう言って、テーブルの方へ行ってしまった。

「ふふふ……ファリンも照れる事があるのねぇ。それに嬉しそうだったわ」

会話を聞いていた夕夏はそう言って笑う。

それから、タクマはみんなに向かって言う。

「これ以上待たせるのは良くないな……みんな！　食事にしよう！　立食だから気兼ねなく好きな物を食べてくれ！」

子供達は真っ先に皿を受け取り、食べたい物があるテーブルへ移動する。役人達と騎士達はコラルの所へ移動すると、わざわざ許可を受けてからテーブルに向かっていった。

「タクマ殿。私も参加しても良いのかな？」

コラルはそう言ってタクマの所に来る。

「一般人の粗野な料理ですが、良ければ食べてください。マナーはないので、好きな物を給仕から受け取っていただければ」

こういった食事をあまり経験していないコラルは、タクマの言葉に頷くといそいそとテーブルの方へ向かっていく。

「あ、コラルさまだー」

「コラルさまもごはんー？」

子供達はコラルに気が付くと、手を振って迎える。

「ああ。私も仲間に入れてもらるかな？」

コラルはそう言いながら子供達の近くにいる食堂のメンバーから皿を受けると、子供達に何がおすすめか尋ねた。

「うーんとねー。ぼくは唐揚げが好きー」

「わたしはハンバーグ！」

子供達は次々に自分の好きな物をコラルに伝える。

コラルはそれを頷いて聞くと、子供達に頼み事をした。

「なるほど。では、そのおすすめがある所まで案内をしてくれるかな？」

その言葉を聞いた子供達は、コラルの手を引いてテーブルを回った。

タクマと夕夏は、全員が食べ始めたのを確認してから自分達も参加する。

「じゃあ、俺達も食べようか」

「そうね。私もお腹空いちゃった」

食堂のみんなが作った食事はとても好評だった。トーランの住民であるレンジ達も、笑顔で食事をしている。

「開店する前に、トーランに住んでいる者達に試食をしてもらえて正解だったな。この食いつきなら、トーランでも繁盛するだろう」

目の前の光景に満足そうに頷いていると、レンジがタクマの所へやって来る。

「タクマ殿。今日はごちそうしていただき、ありがとうございます」

丁寧なお礼を言われたタクマは、レンジの手にある皿に目を向けた。

皿には、山盛りで唐揚げが載っている。

「楽しんでくれて何よりだ。随分と唐揚げが気に入ったようだな」

「え？　あ！　す、すみません。ちょっとはしたないですよね？」

レンジは皿を置いてこなかった事を詫びた。

だが、タクマはなんとも思っていない。

「気にする事はないさ。気兼ねなくと言ったろう？　美味しそうに食べてくれる方が、俺としては嬉しいしな」

「ありがとうございます」

タクマはちょうどいいのでレンジに質問する事にした。

「なあ。食堂の料理はどうだ？　トーランの人に受け入れられると思うか？」

レンジは大きく頷く。

「価格設定を聞いていないのでなんとも言えないところはありますが、味は絶品です。おそらく失敗する事はないと思います」

値段は気にしていたが、味は確実に受け入れてもらえると太鼓判を押してくれた。

「そうか。だったら良かった。価格に関しては相当安くするつもりだ。一般向けの店だしな。食事中に変な事を聞いてすまなかったな。楽しんでくれ」

話の終わったレンジは、騎士達のいる所へ戻っていく。

騎士達に目を向けてみると、彼らも満面の笑みで食事をしていた。

思わぬところで、家族以外に試食をしてもらう事ができた。タクマは食堂の成功を確信して、満足そうに頷くのだった。

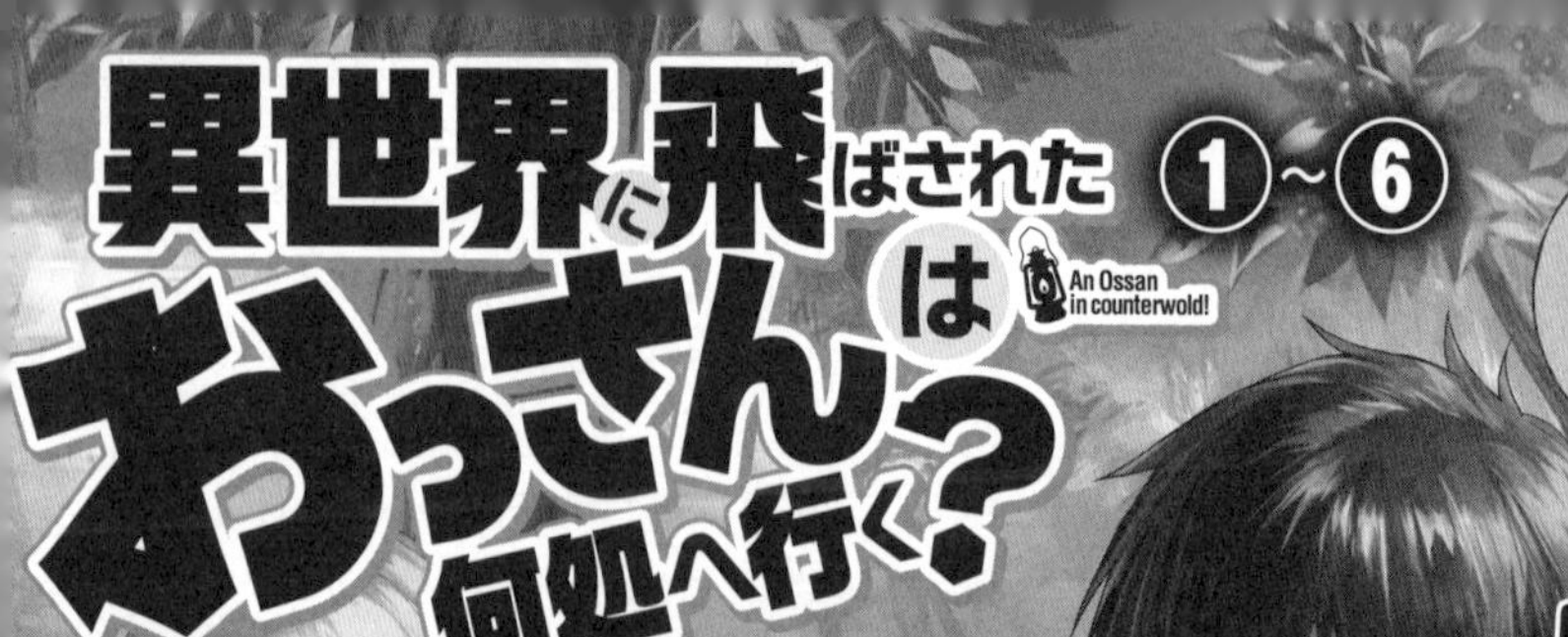

シリーズ累計55万部

達悠々達成の異世界ぶらり旅ファンタジーを公式コミカライズ

アラフォーおっさんが弱者(よわき)を助け、強者(つよき)を一撃(くじく)！

サラリーマン佐東拓真（35歳 独身）が眼をさますと、そこは新世界ヴェルドミールだった。貴族や大商人の横暴に戸惑いつつも、いきなりモフモフな仔犬を拾って育てたり、女神ヴェルドの加護でネット通販を楽しんだり、とりあえずで気ままな新生活を楽しみ始めるタクマ。そんなマイペースすぎるおっさんの明日はどっちだ!?　異世界おっさん気まま旅、はじまります！

［原作］シ・ガレット　［漫画］ひらぶき雅浩

B6判／各定価：本体680円＋税

発売中

WEBにて好評連載中！　アルファポリス 漫画　検索

月が導く異世界道中
Tsukiga Michibiku Isekai Dochu
あずみ圭
Azumi Kei
1~15
8.5
シリーズ累計
140万部の
超人気作！
（電子含む）
2021年
TVアニメ化!

偽聖女にされた令嬢は それでも全てを救いたい

Niseseijo Ni Sareta Reijyo Ha Soredemo Subete Wo Sukuitai

著 アルト Alto

あまねく弱者を救う 光となりたい。

献身的すぎる(元)聖女の救世ファンタジー！

『聖女』として生きた前世を持つ、転生令嬢ミレア。奇しくも今生でも『聖女』の地位を与えられた彼女は、王国全土を覆う結界を密かに張り続け、人知れず、魔物の脅威から人々を守っていた。しかしある時、婚約者である王太子から『偽聖女』と糾弾され、挙句の果てに婚約まで破棄。さらに、結界を張り続けた無茶が祟って倒れてしまう。それぐらいで挫けるミレアではないものの、彼女が倒れた影響で結界が綻び、魔物の侵入が発生！ そして、王国を揺るがす大事件に巻き込まれていく――！

●定価：本体1200円＋税　●Illustration：月戸

●ISBN 978-4-434-28240-9

この作品に対する皆様のご意見・ご感想をお待ちしております。

おハガキ・お手紙は以下の宛先にお送りください。

【宛先】

〒150-6008 東京都渋谷区恵比寿 4-20-3 恵比寿ｶﾞｰﾃﾞﾝﾌﾟﾚｲｽﾀﾜｰ 8F
（株）アルファポリス　書籍感想係

ご感想はこちらから

メールフォームでのご意見・ご感想は右のＱＲコードから、
あるいは以下のワードで検索をかけてください。

本書はWebサイト「アルファポリス」(https://www.alphapolis.co.jp/) に投稿されたものを、改稿、加筆のうえ、書籍化したものです。

異世界に飛ばされたおっさんは何処へ行く？ 10

シ・ガレット

2021年 1月31日初版発行

編集ー芦田尚・宮坂剛
編集長ー太田鉄平
発行者ー梶本雄介
発行所ー株式会社アルファポリス
〒150-6008 東京都渋谷区恵比寿4-20-3 恵比寿ｶﾞｰﾃﾞﾝﾌﾟﾚｲｽﾀﾜｰ8F
TEL 03-6277-1601（営業） 03-6277-1602（編集）
URL https://www.alphapolis.co.jp/
発売元ー株式会社星雲社（共同出版社・流通責任出版社）
〒112-0005東京都文京区水道1-3-30
TEL 03-3868-3275
装丁・本文イラストー岡谷
装丁デザインーAFTERGLOW
印刷ー図書印刷株式会社

価格はカバーに表示されてあります。

落丁乱丁の場合はアルファポリスまでご連絡ください。

送料は小社負担でお取り替えします。


ISBN978-4-434-28399-4 C0093